〈조지아 아르메니아 여행기 3〉

코카사스의 보물을 찾아 3

송근원

〈조지아 아르메니아 여행기 3〉

코카사스의 보물을 찾아 3

발   행 | 2020년 6월 24일

저   자 | 송근원

펴낸이 | 한건희

펴낸곳 | 주식회사 부크크

출판사등록 | 2014.07.15.(제2014-16호)

주   소 | 서울특별시 금천구 가산디지털1로 119 SK트윈타워 A동 305호

전   화 | 1670-8316

이메일 | info@bookk.co.kr

ISBN | 979-11-372-1022-6

www.bookk.co.kr

ⓒ 송근원 2020

코카사스 산 속의 나라들, 조지아와 아르메니아를 여행한 것은 2018년 10월 24일부터 11월 23일까지 딱 한 달 동안이다.

원래는 이 한 달 동안 아제르바이잔을 포함하여 이른바 코카사스 3국을 여행하려 하였으나, 아제르바이잔 입국 비자 때문에 조지아와 아르메니아만 여행을 한 것이었다.

여정은 조지아의 트빌리시, 카즈베기, 슈아므타, 그레미, 크바렐리, 시그나기, 보르조미, 아칼치케, 바르지아, 바투미, 주그디디, 메스티아, 우쉬굴리를 돌아보고, 아르메니아로 가 예레반, 코르 비랍, 세반, 딜리잔, 고쉬, 에치미아진, 가르니, 아쉬타락 등을 여행한 후 다시 트빌리시로 돌아와 조지아의 트빌리시 시내, 므츠케타, 가레자, 노리오, 짤카, 치아투라 등을 여행한 것이다.

이들을 기록한 것은 너무 분량이 많아 3권으로 나눌 수밖에 없었다. 곧, 〈코카사스의 보물을 찾아 1〉은 조지아의 트빌리시와 슈아므타,

텔라비, 그레미, 네크레시, 크바렐리, 시그나기, 보드베 등의 카헤티 지방과 아나누리, 구다우리, 카즈베기 지역, 그리고 보르조미, 아칼치케, 바르지아 지역을 여행하며 느낀 것들을 기록한 것이다.

〈코카사스의 보물을 찾아 2〉는 조지아의 바투미, 주그디디, 메스티아, 우쉬굴리 등을 여행 한 후, 아르메니아로 넘어가 예레반에 거처를 두고, 코르 비랍, 세반 호수, 딜리잔, 고쉬 등을 돌아다닌 이야기이다.

〈코카사스의 보물을 찾아 3〉은 아르메니아의 에치미아진, 아쉬타락, 예레반, 그리고 다시 조지아로 돌아와 트빌리시 시내와 므츠케타, 노리오, 가레자, 짤카, 치아투라 등을 방문한 내용이다.

이 책 〈코카사스의 보물을 찾아 3〉에 수록된 내용은 2권에 이어지는 것인데, 이를 간략히 소개하면 다음과 같다.

아르메니아는 가장 오래된 기독교 국가인 만큼, 오래된 성당과 수도원 등 볼 만한 옛 건물들도 많고, 예수를 찌른 롱기누스의 창이나 노아의 방주 파편, 세례 요한의 뼈 등 성물도 많다. 이들은 아르메니아의 옛 수도인 에치미아진의 대성당에서 볼 수 있다.

에치미아진을 방문할 때에는 세계 최초로 기독교를 공인한 티리다테스 3세와 흐립시메 수녀 그리고 가야네 수녀에 얽힌 이야기들을 회상할 필요가 있다. 이를 반추하면서 이들 에치미아진의 성당과 수도원을 구경한다면 더더욱 재미가 쏠쏠해진다.

아르메니아 역시 조지아와 마찬가지로 포도주에 대한 자부심이 엄청 강하다. 조지아인과 아르메니아인들은 서로 자기 나라가 포도주의 원산지라고 우긴다.

실제로 아르메니아의 브랜디는 프랑스의 꼬냑 못지않게 세계적으로 유명하다. 음식 또한 조지아만 유명한 게 아니라, 아르메니아도 유명하다. 특히 음식들이 우리 입맛에 잘 맞는다.

주변의 이슬람교를 믿는 국가들과는 달리 이들 국가들은 기독교 국가여서 돼지고기도 먹을 수 있다. 특히 돼지고기 꼬치구이는 아르메니아 산 꼬냑과 함께 먹으면 천국이 따로 없다.

아르메니아의 남쪽 산들은 고지대에 있어서 그런지 눈이 쌓여 있고 여성적인 부드러운 선을 가지고 있어 무척 아름답다. 아르메니아에서 조지아로 넘어 갈 때 눈길을 달리면서 보이는 설산들의 풍경은 지금도 잊을 수 없다.

뿐만 아니다. 아르메니아에는 가르니 계곡이 있다. 세계 최고의 주상절리가 계곡의 경치와 함께 감탄을 자아내게 만드는 곳이다.

사람들은 고대 그리스식 신전인 가르니 신전만 보고, 그곳에서 가르니 계곡을 내려다보며 '경치가 참 좋구나!' 하는 정도로 그치는 경우가 많다.

그러나 이는 명백히 잘못된 것이다.

가르니 신전 옆길로 저 밑의 가르니 계곡에 반드시 내려가 봐야 한다. 이렇게 웅장하고 다양한 주상절리가 있을 수 있을까!

우리나라에도 제주도와 무등산, 포항 정자 등에 주상절리가 있으나 규모나 다양성이 크지 않다.

이곳의 주상절리만큼은 반드시 꼭 보아야 한다.

한편, 다시 조지아로 넘어와 지난번에 가보지 않고 남겨두었던 므츠케타와 가레자, 치아투라 역시 정말로 꼭 가 봐야 하는 곳이다. 만약 이들을 보지 않고 귀국하였다면, 정말 후회할 뻔 했다.

예수의 옷이 묻혀 있다는 므츠케타의 스베티츠코벨리 성당과 니노의 십자가로 유명한 즈바리 수도원도 가슴에 남는 곳이다.

스베티츠코벨리 성당은 성당 그 자체만 해도 정말 볼 만한 곳이며, 또한 즈바리 수도원에서 내려다보는 옛 도시 므츠케타의 풍광 역시 우리의 눈을 즐겁게 해준다.

가레자의 라브라 동굴 수도원과 아제르바이잔 국경을 넘나들며 산비탈을 모험하면서 방문한 우다노브 수도원 역시 방문할 가치가 충분히 있다.

그리고 귀국하는 날 들렀던 치아투라 역시 반드시 관광목록에 포함시켜야 하는 곳 중의 하나이다.

우다노브 수도원도 그러하지만, 치아투라의 기둥바위 위에 있는 수도원은 상식을 뒤엎는 수도원들이다.

어찌 저런 곳에 수도원을 지을 기발한 생각을 하였을까? 식량과 물을 어찌 저곳까지 날랐을까?

여기에서 우리는 옛 사람들의 희한한 생각이 현실로 이루어졌음을 배울 수 있다.

사람의 생각이란 얼마나 위대한 것일까!

지금까지 이야기한 모든 것들이 코카사스가 품고 있는 보물들이다.

이 여행은 이러한 코카사스의 보물들을 찾아보는 여행이었다.

이 책을 읽는 여러분들도 코카사스의 보물들을 찾아 떠나보실 것을 강력히 권한다.

2019년 3월 전자출판하고,
2020년 6월 칼라판 종이책으로 출간함
송원

차례

아르메니아: 에치미아진

(2018.11.11)

에치미아진 대성당

아르메니아: 가르니(2018.11.12.)

가르니 주상절리

**아르메니아: 아쉬타락/예레반
(2018.11.14.)**

예레반에서 트빌리시 가는 길

자유의 광장

조지아: 트빌리시(2018.11.15.-16)

조지아: 므츠케타(2018.11.17.)

스베티츠코벨리 성당

조지아: 노리오/가레자
(2018.11.18.-11-19)

우다브노 수도원

카츠키 수도원

조지아: 트빌리시/짤카/치아투라
(2018.11.18.-11-20)

48. 원조 카치카르(Khatchkar Original)

2018년 11월 11일(일)

오늘은 예레반 서쪽 관광이다.

11시 호텔에서 택시를 타고 중부 버스정류장으로 간다. 택시비는 300드람(약 700원)이다.

11시 40분 마슈르카(250드람)를 타고 에치미아진(Echmiadzin)으로 출발한다.

이 도시는 아르메니아에서 두 번째로 큰 도시이며, 기원전 340년부터 184년까지 아르메니아의 수도였던 도시인데, 예레반에서 서쪽으로 불과 20여km 떨어진 곳에 있다.

에치미아진 대성당

아르메니아 에치미아진

2

아르메니아인들에게 이 도시는 신성한 도시이다. 왜냐면, 티리다테스 3세가 기독교로 개종하고, 기독교를 세계 최초로 공인한 곳이 이곳이기 때문이다.

12시 5분 버스는 에치미아진 대성당 옆 정류장에 도착한다.

길을 건너 문을 들어서니 왼쪽으로 거대한 원통형 건물이 눈에 띈다. 들어가 물어보니 이 건물이 거룩한 대천사 교회(Church of the Holy Archangels)란다.

들어가 보니 그 큰 건물이 통째로 방 하나인 셈인데, 그 안에는

에치미아진: 대천사교회

48. 원조 카치카르(Khatchkar Original)

에치미아진 성당 문과 개방형 제단

저쪽 벽면에 십자가 형상의 창문이 있고 꽃을 받친 제단이 있을 뿐 별다른 장식이 없어 웅장하고 경건한 마음이 들도록 지어 놓은 건물로서 참 볼 만하다.

이 교회는 중세의 아르메니아 성전 건축 양식과는 전혀 다른 개념의 2011년에 세워놓은 현대식 건축물이다.

이 교회 천정 쪽에는 창이 나 있는데, 이 창에 빛이 비치면 교회 안의 벽에 십자가 무늬가 나타나도록 설계한 건물이다.

짐 토로시얀(Jim Petrosovich Torosyan)이 설계하고 자선단체에서 마련한 기금으로 지은 것이다.

이 교회에서 나와 앞으로 조금 가다 보면 게보르키안 신학원 (Gevorkian Theological Seminary) 건물이 있고, 이 건물 오른쪽으로

아르메니아 에치미아진

에치미아진 성당: 현대식 카치카르

는 대성당으로 들어가는 길이 보이고, 왼쪽으로는 또 다른 거대한 건축물로 된 현대식 입구가 있다.

이 입구로 가 보면 성 그레고리와 티리다테스 3세가 십자가를 중심으로 서로 손을 잡고 있는 문이 있고 그 옆에는 안을 계단식 원형으로 파낸 개방식 제단(Open Air Altar)이 있다.

이 건물은 21세기 초에 지은 것이다.

한편 이 문 맞은편으로 가면, 1569년에 세워놓은 5m짜리 고대 카치카르(Khatchkar Original: 하치카르라고도 함)와 최근에 세워놓은 2개의 카치카르를 볼 수 있다. 영어로 오리지널이라는 말이 들

48. 원조 카치카르(Khatchkar Original)

어간 것을 보면 이 카치카르가 '카치카르의 원조'임을 표시해 놓은 셈이다.

카치카르는 아르메니아 장인들이 돌로 만든 추모비이다. 이 세상과 신을 이어주는 역할을 하는 성유물이자 신을 숭배하는 기념비이다. 우리 식으로 말하자면, 비석이자 솟대의 일종이라고 할 수 있다.

아르메니아뿐만 아니라 세계 여러 나라의 아르메니아 공동체에서도 이 카치카르가 보인다.

카치카르의 중앙에는 영원을 상징하는 수레바퀴 형태의 태양이 새겨져 있고 그 위에 십자가가 있으며, 주변에는 식물이나 기하학적 문양, 또는 성인과 동물이 새겨져 있다.

성모 성당(The Mother Cathedral of Holy Echmiadzin)이라고 부르는

에치미아진 대성당 입구

아르메니아 에치미아진

에치미아진 대성당은 현재 보수 공사 중이다.

이 성당은 성자 그레고리와 티리다테스 3세가 303년에 처음 세운 아르메니아 사도교회의 본산이 되는 성당이다. 전 세계에 있는 아르메니아 사도교회의 정신적 행정적 본부인 셈이다.

성모성당이 세워진 자리는 성자 그레고리가 꿈에 본 장소라고 한다. 곧, 그레고리의 꿈에 하느님의 독생자인 '미아친(Miatsin: the Only Begotten Son of God: 예수를 이르는 말)이 빛나는 얼굴로 하늘에서 내려와 황금망치로 친 땅에 처음 세운 성당이 이 성당이다.

이 도시 이름은 원래 바그하르샤파트(Vagharshapat)였는데 에치미아진(Echmiadzin)으로 변경된 연유가 여기에 있다. 곧, '에치미아진'은 '독생자가 내려온 땅'이라는 뜻이다.

에치미아진 대성당 입구의 프레스코화

48. 원조 카치카르(Khatchkar Original)

에치미아진 대성당 옆: 아스트바차진 성당

사실 이 땅은 기원 전 500년부터 아르테미스 신전이 있던 자리라는 것이 1950년 발굴 작업에 의해 발견되었다.

새로운 종교가 기존의 종교를 대치하게 되면 기존의 종교를 상징하는 자리에 있던 기존의 종교시설을 파괴하고 그 자리에 새로운 종교시설을 설치하는 것을 볼 수 있는데, 이 역시 마찬가지 아닌가 생각한다.

이 성당은 처음에는 나무로 지었으나, 7세기에 돌로 재건된 것이고 18세기에 완성되었는데, 성당 안의 프레스코화 등이 많이 파괴되었고, 20세기에 철저한 복원이 이루어졌다.

이 성당 안에는 예수님이 십자가에서 돌아가셨을 때 이를 확인하느라 예수님 옆구리를 찌른 롱기누스의 창(롱기누스는 당시 로마 병사

에치미아진 대성당: 예배하는 모습

이름)이 보관되어 있고, 노아의 방주 파편 및 많은 성물이 보관되어 있는 박물관이 있다.

박물관 입장권은 이 성당 문 앞 맞은편에 있는 건물에서 사야 하는데, 1,500드람(약 4,000원)이다.

일단 성당 안으로 들어가 보니 검은 옷을 입은 신부를 중심으로 흰 천을 머리에 두른 여인들이 예배를 보고 있다.

그 한 옆에는 촛불을 꽂아놓고 기도하는 사람들로 꽉 차 있다.

오늘은 일요일이라서 박물관은 2시에 연다고 한다.

48. 원조 카치카르(Khatchkar Original)

49. 신랑 신부가 참 예쁘다.

2018년 11월 11일(일)

가야네 교회(Gayane Church)까지 가는 길은 결코 가깝지 않다.

가야네 교회로 가다보면 왼편에 공동묘지가 있고 대성당 영역을 벗어나 길을 건너면 가야네 교회가 나온다.

가야네 교회가 가야네 수녀의 순교를 기념하기 위해서 630년에 세운 아름다운 교회이다.

그렇다면 가야네(Gayane)는 어떤 분이신가?

기독교가 공인되기 전 로마 황제 디오클레티안(Diocletian)의 박해를 피해 아르메니아로 피신한 33인의 수녀 중 한 사람 이름이 가야

가야네 교회

아르메니아 에치미아진

가야네 교회

네이다.

아르메니아로 피신한 수녀 중에 미스 아르메니아로 뽑힐 만큼 아름다운 흐립시메(Hripsime)라는 이름의 수녀가 있었는데, 이 수녀의 아름다움에 홀딱 반한 아르메니아의 왕 티리다테스 3세가 청혼을 했으나……

당연히 거절했지!

이에 화가 난 왕은 32인의 수녀들을 다 죽이겠다고 협박!

이때 가야네 수녀가 나서서 "죽음을 두려워하지 말라!"고 하자, 화가 머리끝까지 오른 티리다테스 왕은 32명의 수녀를 잔인하게 죽이고, 흐립시메 수녀를 돌로 쳐 죽였다.

이 때 흐립시메 수녀가 돌로 맞아 죽은 자리에 세운 것이 흐립시메 교회이고, 가야네 수녀 이름을 딴 교회가 가야네 교회이다.

이 교회에는 가야네를 비롯하여 아르메니아의 훌륭한 성직자들이 묻혀 있다.

참고로 흐립시메 교회는 에치미아진 대성당에서 동쪽으로 1.5km 떨어진 곳에 있고, 그 옆에는 흐립시메 수녀가 죽을 때 하늘에서 한

줄기 빛이 내려온 것을 기념하여 세운 쇼그하르트(Shoghart) 교회가 있으니 에치미아진에 오시면 이들 교회도 가 보시라!

여하튼 가야네 교회는 유네스코 세계문화유산으로 지정된, 아르메니아 사도 교회의 성지가 된 곳이다.

가야네 교회로 들어서기 전에 카치카르가 세워져 있는데, 관광객들에게 이 카치카르에 대해 가

가야네 교회: 카치카르

아르메니아 에치미아진

가야네 교회 샹들리에

이드가 열심히 설명하는 모습이 보인다.

들어가는 문에서 보는 가야네 교회 모습이 멋있다.

그 문 맞은편에는 나무들이 우거진 숲에 옛 무덤들이 있고, 이 문을 지나면 왼편에 샘이 있다.

이 교회 예배당 문으로 들어서기 전 좌우에는 성직자들이 묻혀 있고, 양쪽 끝은 십자가로 장식된 벽인데, 동글동글한 십자 형태의 창이 나 있는 것이 특징이다.

가야네 교회 안으로 들어가니 천정의 샹들리에가 특이하다. 곧, 예수님이 십자가에 매달린 모양인지, 이 세상을 위해 구원의 손길을 펴기 위한 것인지, 어떤 것인지는 모르겠으나, 샹들리에 가운데에 두 팔을 벌린 예수님이 조각되어 있다.

49. 신랑 신부가 참 예쁘다.

마침 예배 의식을 진행 중인 푸른 옷을 입은 사제들이 줄을 서서 제단에서 걸어 나온다.

마침 일요일이라서 이런 의식을 보게 되는 행운이 따른 것이다.

그러니 교회를 제대로 보려면 일요일에 가는 것이 좋다. 관광의 팁이다.

물론 교회 건물만 보려면 언제 가시든지 괜찮겠지만, 예배 의식이나 특별 종교 행사를 보려면 일요일이나 특정한 날에 교회를 방문해야 하는 법이다.

한참 동안 지켜보다 밖으로 나오니 정원에는 갓 결혼식을 끝낸 신랑신부와 가족 친구들이 모여 사진을 찍는다.

신랑 신부가 참 예쁘다.

가야네 교회: 예배 의식

아르메니아 에치미아진

14

마음으로 이들을 축복하고는 이제 식당을 찾는다.

아무래도 우리가 내린 버스 정류장 쪽이 번화가니까 그쪽으로 가야할 듯하여 다시 에치미아진 대성당 쪽으로 간다.

가다보니 대성당 못 미쳐 왼편에 아가페 큰 식당(Agape Refectory)이라는 알림판 속에 아르메니아 진짜 요리(Armenian Authentic Cusine)라는 글자와 그 밑에 꼬치구이 그림이 있다.

성당 밖으로 나갈 필요가 없다. 여기서 먹자.

식당으로 들어가니 엄청 높은 천정에 샹들리에가 휘황찬란하고

에치미아진 대성당 안 식당 아가페

49. 신랑 신부가 참 예쁘다.

세팅된 탁자가 길게 놓여 있는 훌륭한 식당이다.

세팅되어 있는 곳은 예약되어 있는 곳이라며 자리를 안내한다.

우린 양갈비와 구운 감자, 그리고 샴페인 한 잔과 차를 주문한다. 식당은 크고 깨끗하며, 분위기도 좋고, 음식 맛은 정말 훌륭하다.

조금 비싸긴 하나(6,400드람: 약 16,000원) 잘 먹었다.

조금 있으니 식당 안으로 신랑 신부와 하객들이 들어오고 여기에서도 사진을 찍는다.

큰 소리로 "축하(Congratulations)! 축하(Congratulations)!"를 외친다.

미소를 지으며 신랑이 "고맙습니다."라고 공손히 인사를 한다.

'나의 축복을 받았으니 잘 살겨!'

남이 즐거우면 나도 즐거워지고, 남이 슬퍼하면 나도 슬퍼진다.

그러니 즐거운 사람들과 가까이 있어야, 비록 모르는 사람이라도, 행복해지는 법이다.

더 중요한 것은 마찬가지로 내가 즐거워야 다른 사람이 즐거워지는 법이니 나 스스로 늘 즐거울 거리를 찾아 스스로를 즐길 줄 알아야 한다는 것이다.

이제 2시가 넘었으니 박물관이 열렸을 거다.

50. 장점이 단점이 되기도 하고

2018년 11월 11일(일)

비싼 듯하나 입장료 3,000드람(약 7,000원)을 주고 입장권을 끊는다. 입장권을 사는 곳은 대성당 앞 박물관 옆 기념품 가게이다.

이 성당 안 박물관에는 롱기누스의 창과 노아의 방주 조각이 전시되어 있다고 하니, 조금 비싼 듯하지만 안 들어가 볼 수가 없다.

롱기누스는 예수님의 죽음을 확인하기 위해 십자가에 매달린 예수님 옆구리를 찔러본 로마 병사의 이름이라고 한다.

한편 '롱기누스'의 어원이 그리스말로 '창'이라는 것이어서

롱기누스의 창

이 병사의 이름이 후대에 창작되었다고 보는 설도 있다.

가톨릭 성전에 따르면, 롱기누스는 당시 백내장을 앓고 있던 백인장(百人長)이었는데, 총독 빌라도의 명령으로 예수를 창으로 찔렀지만, 자신의 창에 묻은 예수의 피를 눈에 대어 시력을 되찾으면서 예수님이 진짜 하느님의 아들임을 느끼고는 군인을 그만 두고 세례를 받아 사도들의 제자가 되었다고 한다.

한편 롱기누스가 예수님 옆구리를 찌른 순간 눈이 멀었는데, 창에 묻은 예수님 피가 눈을 튀어 시력을 되찾았다는 설도 있다.

어찌되었든 롱기누스는 이후 괴뢰메에서 선교 활동을 하다 붙잡혀 박해를 받았다.

이와 혀가 뽑히는 고문을 당했는데도 말을 계속 할 수 있는 기적이 일어났으며, 고문하던 사람의 도끼를 빼앗아 즉석에서 이방인의 신상을 부수기까지 하였다.

결국 그는 그 자리에서 참수당해 순교하였고, 성 롱기누스로 추앙받게 된다.

참고로 성 롱기누스의 축일은 3월 15일이고, 바티칸의 성 베드로 대성당 중심부 돔을 떠받치는 기둥의 벽감에 1635년 베르니니가 조각한 성상이 있으니 바티칸에 가시면 확인해 보시라!

롱기누스의 창을 가지면 세계를 정복할 수 있다는 말이 떠돌아 한때는 나폴레옹과 히틀러가 이 창을 가지고 싶어 했지만 가지지 못했다는 말이 있다.

믿거나 말거나~

성당 박물관은 대성당 안 깊숙한 곳에 있는데, 들어가자마자 롱기

아르메니아 에치미아진

누스의 창이 있는가 묻는다.

앞에서 안내하던 박물관 직원에 따르면, 요 창은 현재 미국 뉴욕 메트로폴리탄 박물관에서 전시 중이어서 내년 2월 9일이 지나야 돌아온다고 한다.

대성당 박물관: 성물들

'그럼 입장료를 깎아주지 않구!'

물론 이런 말을 해봐야 쩨쩨하다는 인상만 줄 뿐이라는 걸 잘 알기에 속으로만 하는 말이다.

'인연이 없으면 못 보는 것이다.'

'그까짓 흉물을 보면 뭐하냐? 안 보는 게 낫지!'

쉽게 단념한다. 우린 이런 건 단념이 빠르다. 내 힘으로 안 되는 건 빨리 잊어야 정신건강에 좋은 거다.

직원이 설명을 해주며 안내를 한다. 온갖 성물이며 의식용 옷이며, 옛날 책이며……

성물과 옷, 관, 허리띠 등은 정말 화려하다. 일종의 보물인 셈이다. 그렇지만 가지고 싶은 욕심은 전혀 생기지 않는다.

내가 청빈한 사람이라서 그런가?

그게 아니다.

대성당 박물관: 의식용 옷과 모자

아무리 금으로 장식하고, 보석이 박혔어도 내 취향에 전혀 맞지 않기 때문이다.

한편 노아의 방주 파편 위에 금으로 만든 십자가가 있는 성물 앞으로 간다. 이 황금 십자가 위에는 보석을 박아놓았다.

아르메니아 에치미아진

저 십자가 뒤에 있는 것이 노아의 방주 파편이라는데, 그냥 보통 오래된 나무 조각과 다름이 없다.

허긴 노아의 방주라고 나무에 이름을 새겨 놓지는 않았을 테고, 범인(凡人)의 눈에는 그게 그거인 거다.

그렇지만 의심을 하면 안 된다. 잘못하면 천벌을 받을지도 모르니깐,

노아의 방주 파편이 포함된 성물함

괜히 "그냥 나무 조각과 다르지 않은 데유."라고 지껄이면서 이의를 제기할 필요가 없다.

"그렇다면 그런 줄 알아야지!"라는 소리를 듣지 않으려면!

이번에는 세례 요한(St. John The Baptist)의 뼈, 첫 번째 순교자

성 스테펜(St. Stephen, the Protomartyr)의 뼈 등이 담겨 있는 성물을 설명한다.

이 성자들의 유골은 오른 손 형태의 금이나 은, 또는 구리로 만든 상자 속에 담겨 있다.

그러니까 뼈 자체는 볼 수 없고 오른 손 형태의 성물만 눈에 보일 뿐이다.

허긴 돌아가신 분들의 뼈를 본들 뭐~ 그게 좋은 일이라고!

그래도 꼭 보시고 싶으신 분은 상자 속을 들여다볼 수 있는 투시력을 기르시든지, 아님 이곳 박물관 직원으로 취직을 하시든지-그래도 볼 수 있을는지는 나두 보장을 못합니다만- 알아서들 하셔유!

헛소리는 그만 하고, 이제 독특한 형태의 유골함을 공부해야 한다.

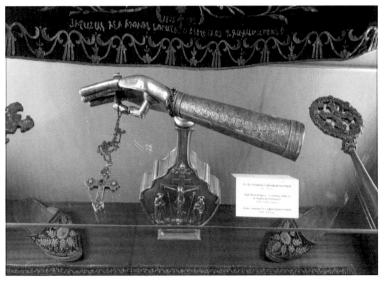

세례 성 스테펜의 유골함

아르메니아 에치미아진

세례 요한의 유골함

유골함들은 엄지와 넷째 손가락을 붙인 형태인데, 세워진 세 손가락은 성부 성자 성령의 삼위일체를 나타내며, 고리처럼 붙인 손가락은 신과 인간의 연결을 의미한다고 한다.

이런 깊은 뜻이!

어려운 공부를 마친 후 박물관을 나와 택시를 타고 흐립시메(Hripsime) 교회를 들려 예레반으로 돌아간다.

흐립시메 교회는 앞에서 말한 대로 흐립시메 수녀의 순교를 기념하여 순교한 자리에 세운 교회이다.

이 교회 안에는 성녀 흐립시메의 무덤이 있다.

무덤을 내려다보자니 왜 갑자기 황진이 무덤 앞에서 눈물을 흘리며 시를 읊었던 백호(白湖) 임제(林悌)가 생각나지?

아마 백호 선생이 살아 있었다면, 여기에서도 그럴듯한 시를 읊었을 듯하다.

흐립시메 수녀는 너무 너무 예뻤다고 한다.

로마황제 니오클레티안(Diocletian)이 흐립시메의 미모에 반해서 추근거리자 이를 피해 이곳으로 도망쳐 왔으나, 이곳 왕인 티리다테스 3세가 역시 찝쩍거리다 말을 안 듣자 이곳에서 죽여 버린 것이다.

미인박명이다. 너무 잘생긴 게 탈이다.

사람의 장점은 단점이 되기도 하고, 단점이 장점이 되기도 한다.

흐립시메 수녀가 아름다운 것은 이 세상 모든 여자들이 부러워하는 장점이기도 하지만, 그것 때문에 죽임을 당한 것임을 보면……

물론 티리다테스 3세는 천벌을 받아 병에 걸려 고생 고생하다가 성자 그레고리의 기도를 통해 병이 낫는 기적을 경험하고 눈물을 흘리며 회개한 후 기독교로 개종하지만 이건 먼 훗날의 이야기이다.

무슨 왕이란 자들은 전부 미인만 보면 사족을

흐립시메 교회

아르메니아 에치미아진

못 쓰나?

이건 가진 자들의 희극이자 비극이다.

가진 것이 많으면 더 가지고 싶고, 그 어떤 것도 다 가질 수 있다는 망상과 자만이 싹트는 것이고, 그 망상과 자만이 불행의 씨앗이 되는 것이다.

가진 것이 많으면 그것이 장점이기도 하지만 단점이 되기도 하는 것이다.

어찌되었든 하느님께 감사한다. 이런 망상과 자만이 싹트지 않도록 나에겐 조금만 주시는 하나님이 얼마나 존경스럽지 아니한가!

한편, 예레반 가는 길 오른쪽으로는 초기 그리스도교 건축의 특징을 보여주는 즈바르트노츠(Zvartnots) 성당의 유적이 있다.

이 성당 유적지는 7세기 중반에 건설되었으나 10세기에 지진으로 인해 파괴되었다가 20세기 초에 발굴되었다.

'천사의 목소리'라는 뜻의 즈바르트노츠 성당은 이제 기둥만 남고 폐허 속에 옛 영광을 보여줄 뿐 말이 없다.

2000년에 에치미아진 대성당과 함께 유네스코 세계문화유산으로 지정되었다.

51. 에이, 그냥 모른다고 할 것이지~

2018년 11월 12일(월)

오늘은 가르니 계곡의 주상절리를 보러 간다.

관광안내소에서 준 정보에 의하면, 예레반 시티 슈퍼마켓 앞에서 266번 마슈르카(300드람)를 타면 된다.

그런데 예레반 시티 슈퍼마켓을 물어봐도 사람들이 잘 모른다.

예레반 시티 슈퍼마켓 찾기가 이렇게도 힘드나!

지도에 표시된 예레반 슈퍼마켓을 보여주며 물어봐도 지도를 제대로 볼 줄 아는 사람들이 그렇게 많지 않으니 계속 엉뚱한 곳으로 친절히 아주 친절히 확신에 찬 목소리로 가르쳐 준다.

에이, 그냥 모른다고 할 것이지~!

허긴 예레반에 슈퍼마켓이 한둘인가!

물어물어 타고 간 곳은 전혀 엉뚱한데다.

할 수 없이 다시 택시를 타고 지도를 보여준다.

택시 기사는 다행히도 지도를 볼 줄 안다. 허긴 지도를 못 보면 어찌 택시를 몰겠나!!

택시 기사가 데려다 준 곳은 분명 지도에 표시된 예레반 시티 슈퍼마켓이 맞긴 맞는데, 여기에서 아무리 266번 버스를 기다려도 오지 않는다.

다른 버스기사에게 물어보니 여긴 266번 버스가 없으니 무조건 타라고 한다. 266번 버스 타는 곳으로 데려다준다고!

타라면 타야지 별 수 있나.

아르메니아 가르니

100드람씩 내고 이 버스를 타고 한참 가니 이제 내리라 한다. 그러면서 방향을 가르쳐 준다.

가리키는 방향으로 가니, 과연 266번 버스가 있다.

이곳이 진짜 〈예레반 시티〉라는 슈퍼마켓에서 100미터 떨어진 곳이다.

지도에는 가이 버스 정류장(Gai Bus Station)이라고 되어 있다. 곧, 이 슈퍼마켓 바로 옆에 메르세데즈 벤츠 자동차 전시장이 있고 이 벤츠 전시장을 돌아 골목길로 조금 들어가면 버스 정류장이 나오는데, 이곳이 가르니 가는 버스정류장이다.

이러니 헷갈릴 수밖에!

에이, 관광 정보 표시 좀 제대로 해 놓지!

가르니 신전

51. 에이, 그냥 모른다고 할 것이지~

가르니 신전 가기 전의 식당: 노아의 정원

만약 시내버스를 이용하시려면 예레반 시티 슈퍼마켓이 어디 있느냐고 물어보지 마시고, "가이 버스 스테이션"을 크게 외치시기 바란다.

간신히 266번 버스를 타고 가르니로 간다.

가르니 버스 정류장에서 내려 가르니 신전(Garni Temple: 파간 사원이라고도 한다) 표시가 가리키는 골목을 따라 간다.

가다보니 왼쪽에 커다란 노아의 정원(Noah's Garden)이라는 식당이 있다.

시간은 12시가 채 안 되었으나, 잘못하면 점심을 거를 수도 있으니 일단 점심을 먹고 구경을 하자 싶어 식당으로 들어간다.

식당은 깨끗하고 사방 벽이 전부 포도주로 진열해 놓았다.

아르메니안 전통 음식 두 가지와 아르메니안 꼬냑 한 잔을 시킨

28

가르니 신전: 입구

후 주변의 포도주 병들을 관람한다.

관람해봐야 어떤 포도주가 어떤 포도주인지 알지를 못 한다. 그냥 포도주 병의 생김새와 그 안에 들어 있는 포도주의 색깔만 감상하는 것이다.

그리고 내가 술맛 감별사라 하더라도 종류가 하두 많아서 일일이 다 맛을 볼 수도 없었을 것이다.

만약 포도주 애호가이시고 포도주에 대한 해박한 지식이 있는 분들이라면 여기에 한 번 들리시는 것도 괜찮을 듯하다.

점심을 먹은 후 가르니 신전으로 간다.

가르니 신전의 입장료는 1,500드람(약 4,000원)이다.

내국인은 500드람인데……. 외국인은 내국인의 세 배를 더 내야

51. 에이, 그냥 모른다고 할 것이지~

하는 것이다.

우리나라에서는 내외국인 구별 않고 똑같이 받는데, 좀 억울한 생각이 든다.

이걸 보면, 우리나라는 엄청 평등한 나라이다.

그렇지만, 외국인은 세금을 내지 않으니 더 받는 것이 맞는 거 아닐까? 우리나라에서도 이런 건 본받아야 하지 않을까?

요건 형평의 개념이다.

아르메니아의 관광정책은 평등(Equality)보다 형평성(Equity)을 중요시하는 정책이라는 생각이 든다.

우리나라도 형평성을 중요시하는 나라가 되었으면 싶다.

신전으로 들어가는 입구에는 요새의 일부와 요새 수비대가 거처

가르니 신전: 회오리 무늬

아르메니아 가르니

하던 터가 남아 있고, 신전으로 들어가는 길 오른편에는 옛 유적 유물들이 놓여 있다.

신석기 시대의 흔적들, 회오리 무늬가 새겨진 돌, 기원 전 8세기에 사용했던 우라루트의 쐐기문자, 그리스 시대의 명문이 새겨진 비석 따위가 놓여 있고, 아르메니아 십자가의 원형으로 보이는 카치카르도 있다.

안으로 들어가니 전망이 참 좋다. 단풍이 한창이어서 계곡 위 절벽의 주상절리와 잘 어우러진다. 비록 주상절리는 멀어서 잘 보이지는 않지만.

절벽 위의 가르니 신전은 1세기경에 태양신 미트라(Mythra)에게 바치기 위해 높이 1.5미터의 잘 연마된 푸른색 현무암을 가지고 지은

가르니 신전에서 본 경치

51. 에이, 그냥 모른다고 할 것이지~

가르니 신전

것이다.

이 신전은 24시간을 뜻하는 24개의 기둥 위에 지붕을 얹은 이오니아식 건물이다.

헬레니즘 양식으로 지은 것이라서 그런지 규모는 작지만 외양은 파르테논 신전과 비슷하다.

신전 벽은 접착제인 시멘트 없이 쌓아올린 것이며, 수평과 수직의 돌들은 쇠못과 케이퍼(caper: 지중해 지역에서 나는 관목)로 고정되었고, 천정에 채광과 환기를 위한 네모난 구멍이 있다.

혹자는 이 구멍이 여기에서 희생양을 구워 번제를 드릴 때 연기가 빠져 나가라고 구멍을 내었다는 설을 제시하기도 한다.

신전 북쪽에 남아 있는 목욕탕은 온돌로 되어 있는데, 목욕탕 바닥에 있는 모자이크는 로마시대 당시의 것이라고 한다.

이 신전은 17세기 지진에 의해 파괴되었으며, 1968년부터 1976년까지 사히니얀(Al. Sahinyan)에 의해 원래의 건축 방식대로 복구되었다.

가르니 마을의 묘지에서 1945년에 발견된 그리스문자가 새겨진 비명(碑銘)에 의하면, 이 사원과 요새는 기원 전 1세기에 아르메니아 왕인 티리다테스 1세가 왕비를 위해 11년에 걸쳐 세운 신전이라고 한다.

예술 비평가이자 동양학자인 트레버(K. V. Trever)의 말에 따르면, 수도인 아르타샷(Artashat)의 복구를 위해 당시 로마 황제인 네로가 지원한 재정적 자금을 사용하여 이 성채와 사원을 세웠다고 한다.

이 신전 오른편으로는 옛 왕궁이 있어 여름별장으로 사용하였다는데, 지금은 그 유적 터만 남아 있어 크게 볼 것은 별로 없다.

이 신전은 가르니 계곡을 내려다보는 전망은 좋지만, 입장료가 조금 비싸다는 느낌이다.

51. 에이, 그냥 모른다고 할 것이지~

52. 노란 단풍과 깊은 계곡, 그리고 주상절리

2018년 11월 12일(월)

가르니 사원을 나와 오른쪽 길로 유턴하여 내려간다. 세계문화유산으로 지정된 주상절리를 보면서 산책하기 위함이다.

누군가의 여행기에서 따르면 가르니 사원 앞에서 사원 입구를 볼 때 왼쪽 비탈길로 내려가다가 갈림길이 나오면 다시 왼쪽으로 가라고 되어 있어 왼쪽 길로 들어선다.

내려가면서 왼편의 노란 단풍을 감상한다.

물론 오른편 위로는 가르니 신전이 있다.

가다보니 여행기에 쓰여 있는 대로 갈림길이 나온다.

가르니 신전에서 내려다본 가르니 계곡

아르메니아 가르니

가르니 계곡: 미루나무

여기에서 다시 왼쪽 길로 들어선다. 갈림길에서 오른쪽 길은 길이 힘들다고 되어 있기 때문이다.

가다보니 길에 호두가 떨어져 있다. 돌로 까서 주내와 사이좋게 노나 먹는다.

이것이 가장이 할 일이다. 가장은 늘 가솔들의 먹을 것을 챙겨야 한다. 놀러와서까지도!

그런데 가다보니 길에 물이 흐르고 있어 질퍽거린다.

한참 가다가 디딜 곳이 영 마땅치 않아 결국 되돌아 나와 갈림길에서 오른쪽 길로 들어선다.

의외로 오른쪽 길은 질퍽거리지도 않고 비교적 평탄하다.

52. 노란 단풍과 깊은 계곡, 그리고 주상절리

조금 더 가니 오두막집이 오른쪽 절벽 아래 있고 그 밑으로 내려
가는 샛길이 있다.

샛길로 내려가 보니 거의 쓰지 않아 퇴락한 별장이 한 채 있고,
그 집 앞에서 오른쪽으로 내려가는 가파른 샛길이 보인다.

이 길은 사람들이 잘 안 다녀서 그런지 풀이 무성하고 나뭇가지
가 내려가는 것을 막는다.

다시 올라와 오두막집 앞을 지나 오른쪽으로 계속 가본다.

왼쪽 밑으로는 강이 흐르고 있고 강 너머로는 주상절리가 있는
커다란 산이 있다.

오른쪽 위로는 신전이 있는 절벽이다. 이 절벽 역시 주상절리로
되어 있다.

가르니 신전 밑의 주상절리

아르메니아 가르니

가르니 계곡: 단풍과 주상절리

가르니 신전 맞은 편 주상절리

52. 노란 단풍과 깊은 계곡, 그리고 주상절리

이 주상절리만 보아도 너무 멋있다.

하물면 저 건너편의 주상절리는 어떨까?

경치는 끝내준다. 노란 단풍과 깊은 계곡, 그리고 주상절리!

그렇지만 저 밑의 계곡 옆으로는 큰 찻길이 있는데, 어찌 저기로 내려갈 수 있는지 알 수가 없다.

아마도 이 길을 따라가면 될 것 같

가르니 신전 밑의 주상절리

은데, 어림잡아보니 돌아가는 길은 정말이지 한참 멀다.

그래도 가 봐야지!

가다보니 또 산에서 흐르는 물이 모여 웅덩이를 이루며 앞을 가로막는다.

발 디딜 곳이 없다.

아르메니아 가르니

그리고 이렇게 가다간 정말 한참을 가야 저 밑으로 내려갈 수가 있을 것이다.

그러면 또 저 밑에서 여기를 어찌 올라올까?

안 되겠다.

빠꾸는 될 수 있는 대로 안 하는 성질이지만, 뒤로 돌아서서 되돌아간다.

53. 돌들의 교향곡을 듣다.

2018년 11월 12일(월)

되돌아가는 길에 아르메니아인을 만난다.

밑으로 내려가는 길을 물어보니, 가르쳐주기는 하는데, 내가 아까

가다가 되돌아 온 샛길이다. 사람이 안 다녀 풀과 나무가 덮여 있어 모험을 해야 하는 조그만 오솔길이다.

"거기는 풀과 나무가 우거져 그리로는 못 가는디……."

"그렇다면 저 위로 더 올라가서 오른쪽으로 가면 저 밑으로 내려가는 길을 만날 수 있어유~"라고 한다.

그러니까 내가 아까 가다가 질퍽질

가르니 신전 밑

아르메니아 가르니

가르니 계곡의 주상절리

펴하여 포기한 길을 가르쳐주는 것이다.

"거긴 길이 나빠. 질퍽질퍽해!"

"아니, 괜찮어유"

그러면서 앞장을 선다.

이렇게 성의를 보이면서 길을 안내해 준다는데 안 따라갈 수도 없고……

결국 아까 되돌아 나온 질퍽질퍽한 길을 따라서 가는 수밖에 도리가 없다.

가는 도중에 지프차가 하나 온다.

옆으로 비켜서니 문을 열고 타라고 한다.

길을 안내해준 분에게는 감사 인사를 하고 감사히 올라탄다.

53. 돌들의 교향곡을 듣다.

타고 한 4-5분쯤 가니까 질퍽거리던 길은 끝나고 갈림길이 나온다.

이 차는 아까 본 계곡 옆 아랫길로 간다며, 우리에겐 내려서 왼쪽 길로 가면 된다고 한다.

왼쪽으로 조금 가면서 왼편 산위를 보니 까마득하다.

이 절벽이 주상절리로 이루어진 제대로 된 절벽이다.

우와!

앞의 강 건너 절벽도 주상절리, 왼편의 절벽도 주상절리!

그 규모가 대단하다.

뿐만 아니다. 어떤 것들은 옆으로 휘어져 있고, 어떤 것은 뉘어져 있고, 어떤 것은 아래에서 위로 솟아 있는 것도 있고, 어떤 것은 절벽에서 내려오다 뚝 끊어진 채로 남아 있다.

가르니 계곡의 주상절리

아르메니아 가르니

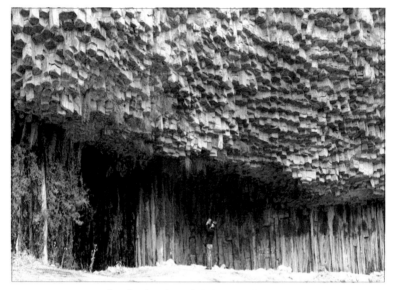

가르니 계곡의 주상절리: 돌들의 교향곡

주상절리 박물관이다.

조금 더 가니 사람들이 길 보수작업을 하고 있는데, 이들을 지나니 숨이 턱 막힌다.

와! 대단하다. 절벽 위에서 내려오던 주상절리가 머리 위에서 뚝 끊겨 마치 파이프오르간 같다.

돌들의 교향곡(Symphony of Stones)이라는 별명이 붙은 것처럼 마치 웅장한 교향곡이 울려 퍼지는 듯하다.

주상절리는 용암이 갑자기 식게 되면, 용암 표면에 수축하는 중심점들이 생기고 이러한 점들을 중심으로 6각형(때로는 4각형이나 5각형)의 무수한 돌기둥으로 갈라지는 것을 말한다.

마치 여름철에 가뭄이 들면 논바닥이 거북등처럼 갈라지는 현상

53. 돌들의 교향곡을 듣다.

과 비슷하다고 생각하면 된다.

　우리나라에도 제주도 중문·대포해안의 주상절리, 광주 무등산의 주상절리, 경북 포항 달전리의 주상절리 등이 유명하지만, 여기 있는 주상절리와는 비교가 안 된다.

　와서 꼭 보시라!

　세계에서 제일 유명한 주상절리는 유네스코 세계자연문화유산으로 지정된 북아일랜드에 있는 '자이언트 코스웨이(Giant's Causeway:

가르니 계곡의 주상절리

아르메니아 가르니

44

가르니 계곡의 주상절리

거인의 둑길)'라는데, 혹자에 의하면 이곳 주상절리가 훨씬 더 크고 아름답다고 한다.

이 주상절리 역시 북아일랜드의 주상절리에 이어 2000년에 유네스코 세계자연문화유산으로 지정된 곳이다.

주상절리를 보며 가다가 보면 왼편에 마을로 오르는 길이 나온다.

이 길은 비교적 경사가 그리 급하진 않다. 편한 길이다.

그러니 아까 가르니 신전에서 내려올 때 이 높은 곳을 어찌 또다시 올라오나 했던 우려는 완전히 기우였다.

우린 쓸데없는 걱정을 가끔 한다. 일단 부딪혀보면 나아가야 할 길이 보이는데도 말이다.

천천히 동네 구경을 하며 가르니 마을로 간다.

53. 돌들의 교향곡을 듣다.

54. 호바나방크 교회의 예수와 제자들

2018년 11월 14일(수)

어제 하루는 그냥 호텔에서 뒹굴뒹굴 잘 쉬었다.

이렇게 쉴 때도 있어야 하는 법이다.

그렇지만 쉰다고 아무 일도 안 하는 건 아니다.

환전소에 가서 쓸 돈을 잘 계산하여 딱 쓸 만큼만 바꾸어 왔고, 또 길 건너 시리아 음식점에서 통닭(3,500드람)과 아르메니아 브랜디 6년짜리(900드람)를 시켜 영양보충을 했고, 이 식당이 앱에 나온 평판대로 역시 좋은 음식점이라는 것도 확인했다.

그리고 예레반에서 트빌리시 가는데 드는 시간과 차비도 알아봤다.

예레반 기차역 앞에서 트빌리시 가는 버스는 아침 9시부터 1시간 간격으로 있는데, 7,000드람(약 17,000원)이라 한다. 그런데 어떤 회사는 10,000드람 받기도 하고, 12,000드람 받기도 한다고 한다.

오늘은 예레반에서 트빌리시로 돌아가는 걸 하루 더 미루고, 아쉬타락(Ashtarak)으로 가 아라갓(Aragats) 산을 보고 돌아오기로 한다.

500드람(약 1,200원)을 내고 택시로 센트럴 버스 스테이션에서 11시에 아쉬타락 가는 버스를 탄다.

원래는 암베드 성으로 가 암베드 성과 아라갓 산을 보려 했지만, 버스 정류장에서 하는 말이 추워서 안 된다는 거다. 여기는 별로 안 춥지만, 암베드는 눈이 많이 와서 눈이 쌓였고, 바람이 많이 불어 너무너무 춥기 때문에 가지 말라고 적극 말린다.

아르메니아 아쉬타락

아쉬타락: 성 마리아 교회

결국, 아쉬타락으로 가 치라나보르 교회(Tsiranavor Church)와 카름라보르 교회(Karmravor Church)를 보고 돌아오려고 아쉬타락 가는 버스를 탔으나, 버스기사 아저씨가 이들 교회보다는 호바나방크 교회(Hovhannavank Church)를 보라고 적극 권한다.

지도를 보니, 치라나보르 교회와 카름라보르 교회가 걷기에는 너무 멀리 떨어져 있고, 교회 유적이야 비슷비슷할 거 같다는 생각이 들어 일단 버스 기사 말씀을 좇기로 한다.

버스는 아쉬타락이라는 도시로 들어선다.

54. 호바나방크 교회의 예수와 제자들

　강을 건너는데 양쪽의 경치가 너무 좋다. 노란 단풍과 절벽, 그리고 집들이 참 아름답다.

　일단 아쉬타락 도심을 거쳐 오하나반(Ohanavan)으로 간다.

　12시 20분쯤, 성 마리아 교회(St. Mary Church) 앞에서 잠깐 선다.

　길 건너편으로 보이는 교회가 성 마리아 교회인데, 겉모습이 아름다워 이를 사진기에 넣는다.

　다시 차가 출발하여 한 10분쯤 가더니 차를 세운다.

　그리고는 손가락으로 이리이리 가라고 한다. 그리고는 이따 돌아갈 때에는 저쪽에 가서 서 있으면 1시 반에 이 차가 올 테니까 타면 된다고 한다.

　기사가 가르쳐준 대로 골목길을 따라 들어간다.

호바나방크 교회

아르메니아 아쉬타락

양쪽은 사과 과수원이다.

애기 주먹보다 조금 크러나, 자그마한 빨간 사과들이 주렁주렁 매달려 있고 일부는 울 바깥으로 떨어져 있다.

떨어진 사과를 하나 주워 먹어보니 상큼하다.

12시 40분, 정말로 절벽 위에 있는 호바나방크 교회(Hovhannavank Church) 유적이 볼 만하다.

교회로 들어가는 문은 성벽으로 둘러싸여 있고, 유적다운 옛 모습으로 남아 있다.

호바나방크 교회 돌기둥

호바나방크 카치카르

54. 호바나방크 교회의 예수와 제자들

예수와 12사도

　교회로 들어가는 문에는 아르메니아 식 십자가가 돌을새김 되어 있고 그 문을 들어서면 육중한 돌기둥들이 교회를 받치고 있다.

　돌기둥에도 아르메니아 십자가 등 무늬가 새겨져 있고, 아르메니아에서 옛날에 쓰던 글씨도 새겨져 있다.

　교회 안으로 들어가는 문 옆에도 카치카르가 있고 옆으로는 교회 측실이 있다.

　예배당 문 위에 돌을새김 한 예수님 일행이 눈길을 끈다.

　예수님 제자는 분명 12일 텐데, 둘은 어디 갔는고?

　심부름 갔나?

　그리고 예수님이 설교하시는데, 왼쪽 다섯과 오른쪽 한 명은 예수님을 주목하고 있는데, 오른쪽 넷은 뒤로 서서 고개를 숙인 채 무엇

아르메니아 아쉬타락

을 하는지 모르겠다.

누구 아는 사람 있어 속 시원히 말해줬음 좋겠는데……

까닭은 모르지만, 내가 볼 땐 명작이다. 재미있는 표현이기 때문이다.

이제 측실로 들어가 이것저것을 살핀다.

측실은 본당보다 훨씬 밝다. 아마 왼쪽에 창이 많기 때문이리라.

성모 마리아가 아기 예수를 안고 있는 그림이 측실 벽 가운데에 있고 그 앞으로는 긴 나무의자가 기도를 하거나 예배를 볼 수 있도록 사람을 기다리고 있다.

55. 아라갓 산은 맑을 때 보시라.

2018년 11월 14일(수)

호바나방크 교회에서 나와 교회를 한 바퀴 휘 둘러본다.

교회 뒤로는 그냥 절벽이고 절벽 밑으로는 내가 흐른다.

절벽 너머로는 과수원인지 노란 잎을 매단 나무들이 가득하다.

한편 호바나방크 교회 왼쪽은 무덤들이 있고, 카치카르 하나가 외롭게 서 있는데, 그 왼쪽으로는 무너진 건물들의 잔해가 널려 있고 절벽 너머로는 아라이 산이 구름에 가려 있다.

왼쪽 절벽 위에는 예쁜 집들이 단풍과 어우러져, 절벽 너머 아라이 산을 배경을 그 멋을 자랑하고 있

호바나방크 카치카르

아르메니아 아쉬타락

호바나방크 교회 유적과 아라이 산

호바나방크: 절벽 위의 집들

55. 아라갓 산은 맑을 때 보시라.

다.

아쉽다면, 아라이 산이 반 이상 구름에 가려 꼭대기가 보이지 않는다는 점이다.

물론 더 왼쪽으로 고개를 돌리면 아라갓 산이 있으나, 역시 구름에 가려 그 자태를 보여주지 않는다.

원래 목적이 아라갓 산을 보는 것이라면, 이곳에 와서 보는 것도 괜찮다고 본다.

다만 날이 맑을 때 오셔서 보아야 한다. 참고하시라!

암베드 성으로 간다 해도 날씨가 흐려 아라갓 산이 안 보일 테고, 또 암베드는 엄청 춥다는데, 갈 이유가 없다.

교회를 나오니 그 맞은 편 집에 사과가 산더미처럼 쌓여 있다.

호바나방크 교회 앞 과수원 창고

아르메니아 아쉬타락

운전기사가 기다리라던 곳에 가서 기다리니 1시 30분에 버스가 온다.

버스를 타고 아쉬타락을 지나는데, 도시 한가운데에 새 모양의 조형물이 있다.

위로도 새 모양이고 옆으로도 새 모양이다.

일종의 솟대가 변형된 것 아닌가 생각한다.

신기하다.

아쉬타락 시내: 솟대

예레반으로. 돌아오는 길에 운전기사 아저씨는 자꾸 먹을 걸 준다. 호두도 주고, 빵도 주고, 설탕 없는 쪼코렛도 "오리지널! 오리지널!"하면서 준다.

참 정이 많은 사람이다.

감사히 받는다.

55. 아라갓 산은 맑을 때 보시라.

버스 정류장에 도착하여 택시를 타고 흐라파락에 있는 일본식당 사쿠라다를 찾는다.

택시는 400드람으로 흥정하고 왔는데, 1,000드람을 내놓으란다. 분명히 손가락 네 개를 서로 표시하고 왔는데…….

관광객이라고 바가지 씌우는 거다.

거리상으로는 300드람밖에 안 되는 거리이고, 시간도 10분밖에 안 걸렸는데 1,000드람을 내 놓으라며 씩씩거린다.

400드람을 주며 고개를 흔든다.

막 화를 내면서 1,000드람 지폐를 내보이며 지폐를 내놓으란다.

"니가 400이라 했잖아!"

그러거나 말거나 400드람을 주고 내린다.

그러자 동전을 바닥에 집어던지며 화를 낸다.

화를 내거나 말거나, 이럴 때 우린 강심장이다.

우리가 봉이가!

사쿠라다 일식집으로 들어서니, 사무라이 그림뿐이고 손님이 하나도 없다.

일단 우동 두 개, 김밥 하나, 포도주 한 잔을 시킨다.

별로다!

전혀 권하고 싶지 않다.

56. 눈밭 속에서 목숨을 걸고

2018년 11월 15일(목)

예레반에서 트빌리시로 간다.

9시 마슈르카를 타러 8시 30분에 예레반 기차역으로 나간다.

역에는 새벽 장이 서 있어 사람들이 왁자지껄하다. 배추, 상추, 파슬리, 감자 등의 채소류와 호두, 사과 등이 주 품목이다.

여기저기 기웃거리는 사람들, 가지고 온 농작물을 팔려고 흥정하는 사람들, 이것이 삶이다.

차비 7,000드람을 낸 후, 남은 잔돈으로 호두를 산다.

9시가 한참 지난 다음에 마슈르카는 출발한다.

예레반 기차역: 새벽 장

아라이 산

　얼마 가지 않아 예레반 시내를 벗어나면서 어제 구름 속에 가려져 있던 아라이 산을 본다.

　아라이 산을 뒤로 두고 달리는 길의 좌우 풍경이 눈 속에 고즈넉하다. 눈 때문인지 그렇게 쓸쓸해보이지는 않는다.

　길 위 역시 눈이 쌓여 얼어붙은 곳도 있으나, 차는 잘 달린다.

　10시 반쯤, 눈이 뭉쳐진 도로 위에서 드디어 큰 차들이 나아가질 못 한다. 십여 대의 트럭들이 그냥 서 있다.

　MAPS.Me 앱으로 현재 지점을 찾으니 해발 2,071미터 고갯길로 나온다. 한라산보다도 높은 곳에 있는 것이다.

　우찌하라고?

　차가 밀린다.

예레반에서 트빌리시 가는 길

그러자 길옆 가장자리로 가는 차들이 생긴다. 누군가가 도로 옆 눈밭에 길을 내면서 달려가자 이어 다른 차들도 이를 따른다.

저러다가 사고가 나면 어쩌나?

우리 차도 그렇지만, 대부분의 차들은 스노우 타이어도 없이, 더욱이 다 닳아빠진 타이어를 끼우고서도 이런 모험을 하는 용기가 가상하기도 하다.

다 닳아빠진 타이어를 보았냐구?

주내가 타기 전에 점검을 하고 나에게 말해주었지. 그걸 왜 점검하나? 그리고 그 말을 왜 하나? 그런다고 예방이 되는 것두 아닌데…….

알면 걱정하게 된다. 걱정한다고 사고 안 나나? 정신건강에만 해

예레반에서 트빌리시 가는 길

예레반에서 트빌리시 가는 길

아르메니아 예레반

예레반에서 트빌리시 가는 길

예레반에서 트빌리시 가는 길

56. 눈밭 속에서 목숨을 걸고

롭지.

사람들은 늘 생사의 갈림길에 놓여있으나, 그걸 모른다. 모르는 게 약이긴 하다.

'생사는 하늘의 뜻'이라는 우리의 운명론을 믿는 것인지, 단지 무식해서 그러는 것인지는 모르지만, 이 눈밭 속에서 목숨을 내걸고 새 길을 개척하는 선구자적 행동을 거침없이 하는 사람들이 아르메니아 사람들이다.

존경스럽다.

와! 이제 도로 밖은 하얀 눈밭이다. 그리고 저쪽 산은 눈보라 속에 거의 보이질 않는다.

드디어 길옆에 큰 차가 하나 쓰러져 있는 것을 발견한다. 선구자

예레반에서 트빌리시 가는 길

아르메니아 예레반

알라베르디 지나 트빌리시 가는 길

로서의 역할을 하다가 쓰러진 것일 게다.

사람만 다치지 않으면 되는데……

눈길에 조심하라는 신호다.

여하튼 이를 본 사람들에게 경각심을 주면서 자신을 희생한 차를 보면서 사람만 다치지 않았기를 기도한다.

우리 차도 이제는 조심조심 달린다.

11시 5분, 스피탁(Spitak)을 지나 바나드조르(Vanadzor)를 거쳐 알라베르디로 향하자, 고도는 아까보다 낮지만 산들은 남성적으로 변한다. 아까보다 훨씬 높게 느껴진다.

산속 침엽수들이 눈에 싸여 설경을 연출한다.

알라베르디에는 12시 14분에 도착한다.

56. 눈밭 속에서 목숨을 걸고

  이제 눈은 그치고, 아니 여긴 눈이 거의 안 온 모양이다. 주변의 산들이 우람한데, 거무튀튀하고 칙칙하다. 그러나 계곡의 노란 단풍은 아름답다.

  그렇지만 가는 길은 험하다. 여기저기 패인 곳에, 진흙 자갈길에……

57. 차표부터 덜컥 끊어 놓았으면 어쩔 뻔 했누?

2018년 11월 15일(목)

1시 반쯤, 국경을 통과하여 3시 반경 트빌리시 역에 도착한다.

일단 3층으로 올라가 밥을 먹는다.

그리고는 이제르바이잔 가는 기차를 알아본다.

기차는 저녁 8시 30분이던가 여하튼 8시 몇 분인가에 있고, 차비는 2인실인 일등실이 일인당 88라리(약 38,000원)이며, 내일 아침 9시에 아제르바이잔 바쿠 역에 도착한단다.

이등실은 4인실인데, 물론 이건 40라리(약 17,000원)로 훨씬 싸다.

아제르바이잔으로 가야 하는데, 아르메니아 다녀왔다고 도착 비자를 잘 내어줄 지 모르겠다.

아르메니아와 아제르바이잔은 사이가 안 좋다. 영토 분쟁이 있기 때문이다. 아제르바이잔은 터키 계열의 인구가 많고, 이슬람 국가인 것도 두 나라 사이에 영향을 미쳤을 것 같다.

차표를 끊을까 하다가, 도착 비자를 알아본 후에 끊으려고, 트빌리시 대사관에 전화를 해본다.

유심 칩 넣을 때 통화를 150분인가 할 수 있다고 했는데, 전화를 하니 조지아어로 뭐라 뭐라 하는데 알아들을 수가 없다.

옆자리의 요조숙녀에게 이 말이 무슨 말인가 물어보니 돈이 없어서 안 된다는 조지아 말이란다. 그러면서 아래층에 가서 돈을 충전해 오란다.

'150분 통화가 가능하다고 했는디……'

아마 150분 통화는 유심 칩을 판 같은 회사들끼리만 가능한 것이고, 다른 회사의 전화로 전화를 하려면 돈이 필요한 모양이다.

그렇담, 돈을 어찌 충전하나?

돈 충전하는 기계를 가르쳐주어 가보니 조지아 글로만 되어 있다. 이거 역시 조지아 글을 모르니 혼자서는 할 수가 없다. 역시 지나가는 사람의 도움을 받아 돈을 충전한다.

그리고 전화를 한다.

대사관 여직원 왈,

"제가 아는 한, 육로로 들어올 때는 도착 비자가 안 되고, 국제공항으로 들어가야만 되는 걸루 압니다. 자세한 건 아제르바이잔 대사관에 전화해 봐야 알 수 있습니다."

그러면서 바쿠에 있는 아제르바이잔 대사관 전화번호를 준다.

"제가 국제전화를 어찌해야 하는지 모르니, 아제르바이잔 대사관으로 전화하셔서 저에게 알려 주시면 안 될까요?"

정중히 부탁한다.

그리곤 약 이십 분이 흘러도 전화가 안 와 주내가 이번엔 전화를 한다.

전화 받은 이는 한국 사람이 아니라 조지아 여인인데 뭐라 뭐라 하더니 끊는다,

몇 번을 한국사람 바꿔 달라 해도 비슷한 상황만 연출된다.

결국 가르쳐준 아제르바이잔 대사관으로 전화하는 데 성공한다.

결국 같은 말이다.

조지아 트빌리시

이러는 가운데 트빌리시의 대사관에서 나한테 전화가 온다. 아제르바이잔 대사관에 문의한 결과를 가르쳐준다.

곧, 육로를 통한 입국에서 도착비자는 안 되고, 인터넷으로 비자(e-visa)를 신청해야 하는데 3일 걸린다고 한다. 급하면 긴급 비자(urgent visa)를 신청하면 되는데, 이건 3시간 걸린다고 한다.

어찌되었든 이런 걸 보면 우리나라 외교부가 참 세련되어졌다. 친절하게 전화해서 물어본 정보도 가르쳐주고,

세금 낸 보람이 있다. 감사한다.

아제르바이잔 비자를 신청하기 위해 인터넷으로 들어가 보니 긴급 비자는 50달러, 일반 비자는 24달러가 든다.

무슨 비자 피를 이리도 많이 받냐?

긴급비자를 신청하면 둘이니 100달러이다, 갑자기 100달러가 아까워진다. 그렇게 급한 용무가 있는 것도 아니고, 아제르바이잔에 꼭 가야 하는 것두 아닌데……

놀러 다니는 주제에 뭐 긴급비자를 신청하나? 이건 우리 분수에 맞지 않는다. 우린 우리 분수를 잘 안다.

그래서 일반 비자를 신청하는데, 잘 안 된다.

몇 번을 시도하다가 갑자기 '비자가 나오는 데 일하는 삼일(three working days)이 걸린다.'는 말이 생각난다.

오늘이 목요일이지만 근무시간이 훨씬 지났으니 내일부터 3일을 헤아려 본다. 결국 '일하는 삼일'은 16일(금요일), 19일(월요일), 20일(화요일)이 된다. 토, 일요일이 끼어있는 바람에 결국 5일을 기다려야 한다는 결론이 나온다.

57. 차표부터 덜컥 끊어 놓았으면 어쩔 뻔 했누?

결국 화요일까지 기다렸다가 21일(수요일)이나 되어야 아제르바이잔으로 갈 수 있을 거다.

그러면, 언제 아제르바이잔에 가서 구경을 하나?

다음 주 23일(금요일)에는 카자흐스탄의 아스타나로 떠나는 비행기를 여기 트빌리시에서 타야 하는데…….

결국 그만 둬야 한다는 결론이 나온다.

오늘 아제르바이잔 가긴 글렀다.

'도착 비자만 믿고 도착하면 비자를 주겠지.'라고 안이하게 생각한 결과이다.

여러분들도 아제르바이잔엘 가려면 월요일이나 화요일 늦어도 수요일 아침에는 인터넷에서 e비자 신청을 해야 시간을 손해 보지 않는다. 물론 미리 미리 신청해 놓으면 더 좋고!

뭐든지 미리미리 해야 한다.

어찌되었든 차표 끊지 않은 게 퍽 다행이다.

차표부터 덜컥 끊어 놓았으면 어쩔 뻔 했누?

어쩌긴 뭘 어쩌? 차비만 날리고 국경에서 고생 고생하다가 되돌아 왔겠지!

차비도 둘이면 178라리니, 우리 돈으로 약 76,000원이 그냥 날아갈 뻔한 것이다. 이 돈이면 여기에서 정말 큰돈인데…….

그나저나 트빌리시에서 무얼 해야 하나? 어지간한 건 다 본 셈인데…….

일단 호텔로 돌아가자.

아블라바리 전철역 부근의 호텔을 긴급 수배한다.

조지아 트빌리시

식당 낀깔리

비지트 호텔(Visit Hotel)이 아블라바리 지하철역에서 150미터이고, 값은 45라리(약 20,000원)여서, 일단 이 호텔로 가기로 한다.

여하튼 참 바쁘다. 바빠~.

숙소인 아블라바리 전철역 근처의 비지트 호텔로 향한다.

전철역에서 내리니 비는 내리고, 땅은 물바다이다.

그렇지만 용감하게 한 손엔 우산을 들고, 한 손엔 가방을 끌고 빗속을 뚫고 호텔에 입성한다.

비지트 호텔이 위치는 참 좋다.

그러나 방이 삼 층인데다, 방은 작고 침대가 푹 꺼진다. 욕실도 너무 작고. 무엇보다 방이 좀 쌀쌀하다. 값이 싼 건 좋은데……

주위는 시장이다. 먹을 건 많다. 홍시 두 개, 오이, 빵 등을 산다.

57. 차표부터 덜컥 끊어 놓았으면 어쩔 뻔 했누?

낼 아침용이다.

짐을 풀어놓고 저녁은 낀깔리(Khinkali)라는 식당으로 간다. 이 식당은 평이 좋은 만큼 사람들도 많다. 음식 역시 먹을 만하다.

우리 된장 비슷한, 그러나 전혀 짜지 않은 '질항아리 속의 콩'이라는 음식과 송아지 갈비 요리를 시켜 둘이 노나 먹는다. 물론 맥주도 한 잔 곁들인다.

그리곤 밤거리를 거닐며 평소 봐두었던 부근의 다른 호텔로 가본다. 비수기라서 호텔 방은 많고 싸다.

그 가운데 이름 없는 호텔(Nameless Hotel)이 아침 포함 60라리 (약 26,000원)인데 방이 맘에 든다. 침대도 좋고 욕실도 넓고, 춥지 않고.

이름 없는 호텔

조지아 트빌리시

호텔 이름이 재미있다. 이름 없는 호텔이라!

이번 여행에는 참 요상한 이름의 호텔에만 묵는다. 아르메니아의 예레반에서는 문제 없는 호텔(No Problem Hotel)에 묵었었는데……

이름 없는 호텔(Nameless Hotel)에 내일 올 것을 약속하고는 비지트 호텔로 돌아와 눕는다.

우풍이 심해 밤에 조금 춥다.

내일 호텔을 옮겨야겠다는 생각이 굳어진다.

58. 가장으로서 책무를 다 해야 한다.

2018년 11월 16일(금)

오늘도 비는 계속된다.

10시쯤 느지막이 일어나 간단히 아침을 해결한 후 짐을 싼다. 이름 없는 호텔로 옮긴 후 쉬기로 했기 때문이다.

여행할 때 제일 귀찮은 것이 짐 풀었다 쌌다 하는 것이다.

게으름뱅이도 여행을 하다 보면 부지런해진다.

이름 없는 호텔에 들어가 인터넷을 뒤적이다가 잠이 든다.

2시 가까이 호텔을 나와 시내로 나간다.

주내는 계속 한국음식 타령이다.

평화의 다리

조지아 트빌리시

트빌리시 구시가 먹자골목

한국 식당은 인터넷에 서울이라는 식당밖에 안 나오는데, 너무 비싸고 글쎄, 사람마다 입맛이 다르니 뭐라 하진 못하겠으나, 음식 맛도 그리 감명 깊지 못해 그곳까지는 가기는 싫다.

그렇지만 딸린 식솔이 아시안 음식을 먹고 싶다니 어쩌겠는가?

무릇 가장이란 식솔들이 원하는 걸 해결해줄 수 있어야 한다. 마치 대통령이 국민들의 불만을 해결해 줘야 하는 것과 마찬가지이다.

나는 가장으로서 책무를 다 해야 한다.

그래서 중국 식당, 일본 식당을 구글 맵에서 찾아보나 그냥 모든 식당 이름만 나온다.

이거 저것 훑어보다가 〈화이어 왁: Fire Wok〉이라는 식당이 아시안 퓨전요리를 한다는 설명이 있어 이를 찾아 리버티스퀘어 전철역

58. 가장으로서 책무를 다 해야 한다.

에 내려 지도를 보며 빗속을 뚫고 찾아간다.

가보니 숙수가 요리하는 장소가 반이고 그 맞은편에 두 사람이 앉을 수 있는 간이 식탁이 있는 정말 자그마한 공간이다.

메뉴는 벽에 붙어 있는데, 오른편에는 국수와 밥이 각각 쇠고기, 닭고기, 채소로 나뉘어 있고 가격은 각각 8, 7, 6 라리이며, 왼편에는 어떤 소스를 넣을 것인지 소스 종류가 쓰여 있다.

소스가 입에 맞지 않으면 입이 거북한 법이라서 나는 채소밥에 간장과 고춧가루만 넣어 달라 했고, 주내는 쇠고기 국수를 주문했다.

금방 나온 국수는 자장면 비슷하고, 밥은 자장밥 비슷한데 맛도 그

식당 〈화이어 왁〉

조지아 트빌리시

러하다.

14라리(약 6,000원)로 모처럼 배불리 잘 먹는다.

주내는 내일 또 오겠다 한다.

보기보단 정말 실속 있는 가게이다. 이 빗속에서도 요걸 먹겠다고 사람들이 줄을 선다.

아니 식탁엔 두 사람만 앉을 수 있으니 대부분의 손님들은 미리 주문해 놓고 종이 상자에 담아 가지고 가는 테이크 아웃(take-out) 손님들이다.

밥은 잘 먹었겠다, 오랜만에 마누라와 데이트 기분 좀 내자.

〈화이어 왐〉에서 자유의 광장 쪽으로 내려오면 던킨 도너스 가게가 보인다.

바라타쉬빌리 다리 벽화

58. 가장으로서 책무를 다 해야 한다.

던킨 도나스에서 커피와 도너스로 후식을 즐긴 다음 슬슬 걸어 골목길로 '평화의 다리' 쪽으로 향한다.

골목길은 옛 도심의 정취가 남아 있다.

빗속에 이렇게 걷는 것도 낭만이다.

이 나이에 무슨 낭만이냐고?

참, 몰라도 참 모른다.

늙어도 낭만은 있는 거다. 사람들이 지만 생각하고 남도 그런 줄 아는데, 그건 잘못이다.

조지아 트빌리시

59. 머무는 곳의 향토지리를 알아야 한다.

2018년 11월 16일(금)

쿠라(Kura) 강 쪽으로 길을 잡으니 오른쪽에 그루지아 전통식당이 있고, 그 앞에 사람들이 데모를 하는지 피켓을 들고 서 있다. 물론 순경 아저씨들이 이를 지켜보고 있고.

여기에서 오른쪽으로 길을 꺾으면, 조지아의 '첫 번째 활판 인쇄 기념탑(First Georgian Typography Monument)'이 있다.

바로 이 자리에 최초의 조지아 인쇄소가 있었다고 한다. 이 인쇄소는 1709년 짜르 바크탕 6세(Tsar Vakhtang VI)가 세운 것이다.

평화의 다리 쪽으로 조금 더 가면 번쩍번쩍하는 건물이 있는데,

샹그릴라 도박장

59. 머무는 곳의 향토지리를 알아야 한다.

극장 건물과 대통령 궁

상글릴라(Shangri La)라는 도박장이다.

카지노 구경도 하고 여비도 보충도 할까 싶어 들어가려 하니, 못 들어가게 잡으며,

"여권을 내 놓으세요."

"호텔에 두고 왔는디……."

"그럼, 입장할 수 없습니다."

에이, 못 들어가게 하는데, 어쩌누? 사정사정한다고 들여보내줄 것 같지도 않구, 사정할 이유도, 필요도 없고.

사실 난 도박을 별로 좋아하지 않는다. 건전하게 자라서!

그냥 나와서 다리 위로 올라간다.

트빌리시 시를 관통하는 쿠라 강 위로 놓은 평화의 다리(Bridge

평화의 다리

of Peace)가 명물은 명물이다.

이 다리는 장미혁명을 통해 평화적으로 자유를 쟁취한 조지아인들의 평화와 자유에 대한 열망을 표현한 다리로서 조지아의 랜드마크가 된 다리이다.

2010년에 개통한 길이 150m의 이 다리는 도심과 리케 공원(Rike Park)을 연결해주는 다리인데, 다리 위로 유리로 된 유려한 곡선형 지붕이 멋스러운 다리이다.

다리를 건너며 좌우를 살펴본다.

다리 너머로 대통령궁과 그 절벽 밑의 극장 건물이 보인다.

극장은 두 개의 나팔관을 붙여놓은 것처럼 생겼는데, 전임 대통령

59. 머무는 곳의 향토지리를 알아야 한다.

이 만들어 놓은 것이라 한다.

이 건물 역시 명물은 명물인데, 사용하지 않고 비워두었다 한다.

이 건물도 조명을 하고, 그 안에서 연극을 하든, 음악 연주를 하든, 무엇이든 하면서 입장료를 받으면, 관광객들도 꽤 몰리고 괜찮을 듯한데, 그냥 비워두는 게 이해가 안 된다.

마침 쿠라 강 유람선을 타라고 다가온 아가씨에게 물어보니,

"전임 대통령을 시민들이 별로 좋아하지 않기 때문이지요."

"왜 싫어하는고?"

"예산만 낭비하고……."

아블라바리에서 절벽 쪽 골목의 폐허

조지아 트빌리시

"그럼 며칠 전 여자 대통령이 당선되었는데, 그 분은 인기가 있는가?"

"그 사람이 그 사람이지요. 지금 대통령도 별루입니다."

정부에 대해 상당히 비판적인 아가씨이다.

이러한 비판이 살아 있는 한 조지아의 앞날은 밝다.

리케 공원 저쪽은 절벽이다.

절벽 위에 대통령 궁도 있고, 카페도 있다.

밤의 메테키 성당(Metheki Cuurch)을 찍고서 다시 언덕을 올라 아블라바리 전철역 쪽으로 가다가 절벽 쪽 골목길을 탐색한다.

훌륭한 사람은 머무는 곳의 향토지리를 알아야 한다.

오른쪽 골목길로 들어서니 호텔 간판들이 보인다.

호텔도 많다.

그런데 골목길 바로 옆에는 옛 유적이 부서진 채 방치되어 있다.

다시 골목길을 따라 내려가다 보니 건너편에 저녁 8시부터 전통 민속춤을 공연하는 식당이 있다.

'옳거니, 내일 저녁은 여기에서 먹으면 되겠다.'

그리곤 이름 없는 호텔로 돌아와 눕는다.

내일도 비가 온다는데, 하루를 어찌 보낼까? 쓸데없는 걱정을 하며……

59. 머무는 곳의 향토지리를 알아야 한다.

60. 너 바지 없냐?

2018년 11월 17일(토)

다행히 날이 맑다.

아침 먹고 11시에 그냥 나온다.

도시 전체가 유네스코가 지정한 세계문화유산인 조지아의 종교 수도라는 별칭을 가지고 있는 므츠케타(Mtskheta)나 다녀올 예정이다.

디두베(Didube)에 도착하니, 40라리(약 17,000원)에 스베티츠코벨리 성당(Svetitskhoveli Cathedral)과 즈바리 수도원(Jvari Monastery of Mtskheta)을 갔다가 돌아올 수 있다며 택시 타라고 성화다.

스베티츠코벨리 성당

조지아 므츠케타

스베티츠코벨리 성당

버스 타고 간다고 하자, 버스는 즈바리 수도원은 안 가고 므츠케타 시내로만 간다면서 버스비는 2라리라며 택시를 타란다.

이를 뿌리치고 버스 타는 곳으로 간다.

운전수가 차표를 끊어오라고 한다.

차표 창구에서 4라리를 내며 두 사람이라고 하니, 2라리를 돌려준다. 알고 보니 일인당 1라리다.

웃음만 나온다. 이걸 2라리라며 택시 타라고 하다니?

일인당 2라리라면, 두 사람이 므츠케타까지 왕복 8라리이고, 므츠케타에서 택시 타고 즈바리 수도원에 갔다 오면 20라리 정도 들지 않을까 하여 택시 탈 것을 고려했던 것인데……

택시 타지 않고 버스 타고 간 게 다행이다.

60. 너, 바지 없냐?

12시 10분에 버스가 출발하여 12시 28분에 도착한다.

성당 구경에 앞서 성당 앞 관광안내소에 가서 즈바리 수도원에 가는 택시비를 물어보니 차 한 대에 20라리(약 8,600원)를 내면 된다고 한다.

마침 스페인 머슴애와 독일인 여자 커플이 옆에 있어 같이 동행하기로 했다. 결과적으로 10라리(약 4,300원)밖에 안 든 셈이다.

관광안내소에서 불러준 택시를 타고 즈바리 수도원으로 간다.

즈바리 수도원은 므츠케타 오른쪽 썰렁한 산 위에 있으나, 여기에서 전망 하나만큼은 기가 막히게 좋다.

옛 이베리아(Iberia) 왕국의 수도였던 므츠케타와 므츠케타를 둘러싸고 아라그바(Aragva) 강과 쿠라(Kura) 강(므트크바리 Mtkvari 강이라

스베티츠코벨리 성당

조지아 므츠케타

즈바리 수도원 전망: 쿠라 강과 아라그바 강 그리고 므츠케타

고도 함)이 합류하는 풍경을 볼 수 있다.

그런데, 두 강의 색깔이 다르다. 쿠라 강은 누런색이고, 아라그바 강은 녹색이다. 이처럼 강의 색깔이 다른 이유는 무얼까?

그 이유야 있겠지만, 이유를 모르고 보는 사람은 신기할 뿐이다.

이 수도원은 6세기 조지 왕 시대에 지은조지아에서 가장 오래 된 수도원으로서 1994년에 유네스코 세계문화유산으로 등록된 곳이다.

수도원 안으로 들어가면 가운데에 거대한 나무십자가가 있기 때문에 즈바리(Jvari: 조지아말로 십자가를 뜻하는 말) 수도원이라고 부른다.

여성 전도자인 성 니노(St. Nino)는 괴뢰메 출신으로 신의 계시를 받고 4 세기 초에 조지아로 들어와 이베리아의 왕 미리안 3세 (Mirian III)의 왕비 나나의 병을 낫게 하는 기적을 행함으로써 미리안 3세를 기독교로 개종시킨 수녀이다.

일설에는 사냥을 나간 미리안 3세는 짙은 안개에 갇혀 길을 잃게 되어 자신이 믿는 신에게 기도를 드렸다.

"신이시여, 안개를 거두어 주소서!"

그러나 안개는 전혀 걷히지 않았단다. 이에 성 니노가 하느님께 기도를 드렸더니 순식간에 안개가 싹 걷혔다고 한다.

이러한 기적(?)에 감읍한 미리안 3세는 그 자리에서 기독교로 개종하였다고 한다.

성 니노는 미리안 3세와 함께 기독교 개종을 기념하여 이교도 성

즈바리 수도원

조지아 므츠케타

즈바리 수도원: 십자가

전 부지인 이곳에 커다란 나무십자가를 세웠는데, 이 나무 십자가가 기적을 일으킨다는 소문이 나서 코카서스에 사는 수많은 사람들이 이곳을 찾았다고 한다.

545년에 이 십자가 위에 작은 교회를 세웠고 '십자가(Jvari)의 작은 교회(Small Church of Jvari)'라고 불렀는데, 590년에서 605년 사이에 현재의 큰 건물을 지어 '십자가(Jvari)의 큰 교회'가 세워졌다고 한다.

조지아인들은 이 교회에 가본 적이 없다면 조지아를 보지 못한 것과 같다고 이야기할 정도로 조지아 인에게는 중요한 교회이다.

일단 차를 세워놓고 교회 안으로 들어가 본다.

60. 너, 바지 없냐?

옛날 성 니노(St. Nino)가 세워놓은 십자가인지 아닌지는 모르겠으나, 교회 안 가운데에는 큰 나무 십자가가 있다.

그렇지만, 이 나무 십자가는 아무리 보아도 새것이라, 옛날 니노가 세워놓은 십자가는 분명 아니다.

설명서를 읽어보니 니노가 세운 십자가의 팔각형 대좌(臺座)만이 현재 교회 한 가운데에 보존되어 있다고 쓰여 있다.

성녀 니노가 므츠케타에서 제일 높은 이곳에 세워놓고 기도를 했다는 포도나무 가지로 만든 십자가는 현재 세워놓은 '짝퉁' 십자가 안에 있다고 하는 말이 있는데 확인할 수는 없다

교회 안에는 결혼하는 신혼부부들도 있고, 십자가 앞에서 경건하게 소원을 비는 사람들도 있다.

오늘이 길일인지, 이 교회에서만 벌써 4쌍의 신랑신부를 봤다.

이들을 보니 갑자기 우리나라 젊은이들이 결혼을 안 하거나 못하는 것이 생각나 이들이 새삼 부러워진다.

적어도 이 나라는 저출산 문제 때문에 고민하지는 않으리라.

이 교회는 옛 성곽으로 둘러싸여 있는데, 성곽의 대부분은 많은 부분이 무너지고 부서져 있다.

한 바퀴 돌고 밖으로 나오니 전망은 좋은데, 산봉우리라 그런지 찬바람이 장난이 아니다. 춥기도 하려니와 날아갈 듯하다.

함께 차를 타고 간 스페인 청년 미구엘은 이 추운데 바지가 마치 모시로 만든 바지 같이 구멍이 숭숭난 속이 훤히 다 들여다보이는 내복 비슷한 것을 입고 있다.

옷을 겹겹이 껴입은 사람들도 추워서 웅크리고 있는데……

조지아 므츠케타

즈바리 수도원 앞

"야, 너 추워서 어떡하냐?"

"괜찮아유."

"너 바지 없냐? 왜 이런 걸 입었어?"

"빨아서 널어놓고 왔시유."

나이는 38, 아무리 한창인 나이라지만, 추울 텐데…….

보는 내가 안쓰럽다.

당장 바지 하나 사주고 싶다.

이것도 피해다.

본인이야 아무렇지 않다고 하여도 다른 사람들에게 걱정을 끼치게 하는 건 좋은 일이 아니다.

아무리 내 멋에 산다고 해도, 다른 사람에게 피해를 주지 않도록 늘 조심해야 한다. 오늘의 깨달음이다.

다시 대절한 택시를 타고 스베티츠코벨리 성당으로 되돌아온다.

60. 너, 바지 없냐?

내려오는 길에 창밖으로 나뭇가지에 천들이 매달려 나부끼고 있다.

나뭇가지에 천을 매달아 놓는 풍습은 샤머니즘에서 볼 수 있는 풍습이다. 곧, 나뭇가지에 천을 매달아 놓고 소원을 비는 것이다.

이런 것이 여기 교회나 수도원 근처에서 많이 발견된다는 것은 옛날의 민속 신앙인 샤머니즘이 기독교에 융합된 것으로 볼 수 있다.

조지아 므츠케타

61. 예수님 외투가 묻힌 곳

2018년 11월 17일(토)

스베티츠코벨리 성당으로 되돌아오면서 운전기사인 샬바(Shalva) 씨는 시그나기나 카즈베기, 가레자 등 관광지를 가봤냐고 묻는다.

미구엘과 같이 온 독일 처녀는 내일 오전 비행기로 독일로 돌아가야 하고 미구엘은 좀 더 돌아다녀야 한다는데, 시그나기와 카즈베기는 다녀왔고 가레자는 안 갔다고 한다.

우리 역시 마찬가지이다.

가레자 가는 데 얼마냐고 물어보니 150라리에 가주겠다고 하면서 명함을 준다.

스베티츠코벨리 대성당 뒷골목

내일은 미구엘이 독일처녀를 공항에 가서 배웅해 주고 쉬어야 하기 때문에 안 되고 모레쯤 가레자 가는 경우 연락하겠다고 약속한다.

스베티츠코벨리 성당으로 돌아왔으나, 성당 구경은 점심을 먹고 해야 한다. 벌써 2시 가까이 되었으니 뱃속부터 해결해야 한다.

성당 옆 벽을 따라 이어져 있는

즈바리 수도원

상점들을 지나 동네 쪽으로 들어간다.

전화기 앱에 따르면 므츠케타 옛날집(Old Mtskheta)이 평판이 좋으니 여길 찾아가는 것이다.

므츠케타 옛날집에 들어가 일단 점심을 먹는다. 볶음밥 치즈 든 빵, 차, 그리고 짜짜 한 잔 모두 23라리(약 10,000원)에 점심을 잘

조지아 므츠케타

먹는다.

그리고는 다시 골목길을 기웃거리며 이것저것 구경을 한다.

성당 쪽으로 오면서 저쪽 편 골목으로 가보니 강가이다.

강가에서 올려다보는 즈바리 수도원 구경도 할 만하다. 게다가 달까지 떴으니!

다시 성당 앞으로 돌아온다.

벌써 3시 반이 넘었다. 이제 조지아 최초의 성당이라는 스베티츠코벨리 성당 구경이다.

이 성당은 조지아의 개종을 상징하기 위해 337년에 조로아스터교 사원이 있던 자리에 세운 것이다.

이 스베티츠코벨리 대성당은 트빌리시에 있는 성 삼위일체 대성당 다음으로 큰, 조지아에서

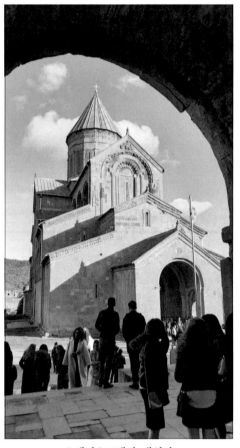

스베티츠코벨리 대성당

61. 예수님 외투가 묻힌 곳

두 번째로 큰 성당이며, 역시 유네스코 세계문화유산으로 지정된 성당이다.

스베티츠코벨리 성당에는 예수님의 외투(Tunic: 소매가 없는 헐렁한 옷으로 로마시대에 속옷 겸 외투로 널리 입었던 옷)가 묻혀 있다고 알려져 있다.

조지아의 성인 열전에 따르면, 예수님이 십자가에 못 박히실 때 엘리야라는 유대계 조지아인이 예루살렘에 있었다고 한다.

스베티츠코벨리 대성당 안

엘리야는 골고다 언덕에서 로마 군인으로부터 예수님 옷을 사서 조지아로 가져왔는데, 그의 누이 시도니아가 그 옷을 손에 잡고는 비탄에 잠겨 있다가 죽고 말았다 한다.

그런데 그 옷은 그녀의 꽉 쥔 손에서 떨어지지 않았고, 결국 그

조지아 므츠케타

스베티츠코벨리 대성당 안

옷과 함께 그녀를 땅에 묻었다고 한다.

예수의 옷과 함께 묻힌 시도니아의 묘소는 대성당에 있는데, 그 후 이 무덤가에서 거대한 삼나무가 자랐다고 한다.

조지아에 처음으로 기독교를 전파한 성녀 니노는 그 삼나무를 베어 성당의 일곱 기둥들을 만들었다는데, 일곱 번째 기둥을 세웠더니 갑자기 흔적도 없이 사라져 버리고 말았다고 한다.

이에 놀란 성녀 니노가 밤을 새워 기도했고, 그 결과, 그 다음날 이 나무기둥이 다시 나타나 정확하게 예수님 옷과 시도니아가 묻혀 있는 교회 중앙에 나타났다고 한다.

이 신기한 일곱 번째 기둥에서는 사람들의 병을 치유해 주는 성

유(聖油)가 흘러나와 사람들의 병을 치유하는 기적을 보여주었다고
한다.

이 성당의 이름 스베티츠코벨리는 조지아 말로 '기둥'을 뜻하는
'스베티'와 '생명을 주는'이라는 '츠코벨리'로 이루어진 것으로서 '생명
을 주는 기둥'이라는 뜻이다.

요 이야기를 그림으로 표현한 것이 교회 입구 오른편에 이콘으로
남아 있다. 곧, 사비닌(Sabinin)이라는 화가가 1880년에 '이베리아의
영광(The Glory of Iberia)'이라는 성화를 그려놓은 것이다.

곧, 천당에서 천사가 된 시도니아가 기둥을 들어 올리고 있고, 기
둥 밑 삼나무 밑둥에는 사도니아와 예수님 옷이 묻혀 있고, 성녀 니
노는 그 앞에 있고, 미리안 왕과 그의 왕비 나나는 오른쪽과 왼쪽에

스베티츠코벨리 대성당 안: 프레스코화

조지아 므츠케타

서 무릎을 꿇고 경배하고 있는 그림이다.

그러나 유감스럽게도 니노가 세운 목조 성당도, 천사가 세웠다는 나무기둥도 현존하지는 않는다. 현재의 성당은 11세기에 건축가 아르수키제에 의해 재축조된 것이다.

그렇지만 이런 전설 때문인지 오늘도 성당 안은 촛불을 밝히고 간절히 "이 병을 낫게 해 주세요!"라고 엄숙하게 기도하는 사람들이 많다.

내부 벽들에는 프레스코화들이 그려져 있는데, 그림들 대부분이 보존 상태가 좋지 않다

조지아 왕들은 이 교회에서 대관식을 거행했고, 죽어서는 이 교회에 묻혔다. 제대 앞 쪽에 여섯 개의 무덤이 발견되었는데, 알려지기로는 에레클레 2세를 포함해 열 명의 임금님이 그 곳에 묻혔다고 한다.

스베티츠코벨리 대성당

61. 예수님 외투가 묻힌 곳

스베티츠코벨리 대성당 안 결혼식 풍경

예수님의 12사도 중 하나인 안드레아(시몬 베드로의 동생. 러시아에서 선교 활동을 하였고 그리스에서 십자가에 매달려 순교함 스코트랜드와 러시아의 수호성인)의 유골도 여기에 묻혔다고 한다.

이 성당은 정말 대성당이라는 말처럼 엄청 크다. 엄청 높다. 시원시원하다.

성당 안 한편에는 많은 사람들이 촛불을 켜 놓고 기도를 하는가 하면 다른 한편에서는 한창 결혼식이 진행 중이다.

물론 우리처럼 구경하는 사람들도 많다.

이제 성당 밖으로 나와 성당을 한 번 휘둘러본다.

성당을 둘러싼 성곽 너머로 즈바리 수도원이 보인다.

이제 이곳에서 500m쯤 떨어진 조지아에서 가장 오래된 수도원 가운데 하나인 삼타브로 수도원(Samtavro Monastery)으로 간다.

요새처럼 성곽에 둘러 싸여 있는 이 수도원은 미리안 3세가 죽기

조지아 므츠케타

전에,

"짐은 죄가 많아 감히 스베티츠코벨리 성당에 묻힐 수 없노라. 그러니 내 무덤은 부활하는 날 조금이라도 신의 은총을 입을 수 있도록 스베티츠코벨리 성당에서 조금 떨어진 이곳(성녀 니노가 살았던 곳이라 함)에 조그마한 성당을 세우도록 하라."

라는 명령을 내렸고, 그래서 이곳에 세운 것이 삼타브로 성당이라고 한다.

이 성당은 그러니까 처음 기독교를 받아들인 미리안 3세(Mirian III) 왕과 나나(Nana) 왕비가 묻히기 위해 4세기에 지은 성당이다.

성당 입구 왼편에 이 임금님과 왕비의 모습이 새겨진 석관이 있다.

또한 조지아의 유명한 수도사 가브리엘(Gabriel)이 이 교회 마당에 묻혀 있으며, 성전에는 세인트 가브리엘의 유물이 있고, 교회 안쪽에 조그마한 박물관이 있다.

이 수도원 앞 주차장 쪽에 트빌리시로 출발하는 마슈르카 정류장이 있다.

마슈르카를 타고 트빌리시로 돌아온다.

61. 예수님 외투가 묻힌 곳

62. 할아버지들도 일을 한다.

2018년 11월 18일(일)

오늘은 트빌리시에서 일일 여정으로 갈 수 있는 곳을 알아본다.

1차 목적지는 삼거리(Samgori)이다. 시외버스 정류장이 있는 곳이다.

철자 그대로 읽으면 삼고리인데, 쉽게 그냥 삼거리라고 말해도 잘 알아듣는다.

삼거리로 가면서 생각해보니 조지아에는 '-리'자가 들어가는 동네가 많다. 구다우리(Gudauri), 파사나우리(Pasanauri), 아나누리(Ananuri), 우쉬굴리(Ushiguli), 엥구리(Enguri), 아바리(Avari), 이스카리(Iskari), 즈바리(Jvari), 카리(Kari), 고리(Gori), 렐리(Leli), 카렐리(Karelli), 총나리(Chongnari), 이파리(Iphari), 마르네울리(Marneuli) 등등.

이들 가운데 '-우리'가 들어간 말은 '올〉울'이 '물'을 뜻하는 말이어서 아마도 강을 낀 동네를 말하는 듯하고, '-굴리' '-구리' 따위는 '굴〉굴〉골'에서 온 말로 '고을'을 뜻하는 말이며, '-바리/-파리'는 붉〉블〉발/불'에서 온 말로 '부락'을 뜻하는 말로 볼 수 있다.

한편, '-리'는 마을을 나타내는 말 '-리(里)'와 같은 무리의 말이다.

또한 조지아에는 '-미'가 붙은 지명도 많이 보인다.

이는 '미'가 '물'을 뜻하는 말로서 '마을'이나 '동네'를 뜻하는 말로 변화된 것이라 할 수 있다. 예컨대, 보르조미(Borjomi), 바투미(Batumi) 따위가 그러하다.

우리나라에서도 시골 마을의 옛 이름을 보면 '-미'가 들어간 마을

이 많이 있다.

또한 '트빌리시', '쿠타이시' 등 '시'가 들어간 지명도 많이 보이는데, 대개 큰 도시의 경우이다.

여기에서 '시'는 '모여 있음'을 뜻하는 말이기 때문이다.

우리가 쓰는 서울시, 부산시, 대전시라고 할 때 시(市)도 그러하고 영어 시티(city)의 '시'도 그러하다(참고로 여기에서 '티'는 땅을 뜻하는 말이다). 감을 한자로 시(柿)라 함은 열매가 많이 열리기 때문이고, 시장(市場)은 사람들과 상품들이 많이 모여 있는 곳을 뜻한다.

트빌리시에서 '트'는 '온도가 높음', '불'을 나타내는 말 '타, 트, 따, 뜨'와 같은 무리의 말이고, '빌리'는 '부리', '비리'와 같은 말로서 '마을'을 뜻하며, '시'는 역시 '모여 있음'을 나타내는 말이다.

그러니 트빌리시는 이곳 말로 '따뜻한 동네'를 뜻하는 말이다. 실제로 이 책 맨 앞에서 살펴본 대로 트빌리시라는 이름은 뜨거운 유황 온천이 모여 있는 곳에 세운 도시라는 뜻을 가지고 있다.

어찌되었든 이곳 조지아에서도 '-시', '-리', '-미' 등 우리가 도시나 동네를 뜻하며 사용하는 말들이 같은 뜻을 지니며 쓰이고 있다는 점이 참으로 신기하기도 하다.

삼거리에서 버스 노선을 알아보고는 노리오(Norio)로 가는 마슈르카를 탄다.

아제르바이잔에서 일주일 정도 여행을 하려 했으나, 그 빌어먹을 비자 때문에 포기하고 나니 시간이 남기 때문에, 트빌리시 근교에서 갈만한 곳을 물어 오늘은 노리오로 가는 것이다.

노리오에 가게 된 것은 므츠케타의 관광안내소에서, 트빌리시에서 일일 여정으로 갈 수 있는, 경치 좋은 곳으로 안내받았기 때문이다.

마슈르카는 10시 45분에 출발한다.

운전기사는 80이 넘은 할아버지이다.

이곳 조지아에선 할아버지들도 일을 한다. 그래도 불쌍해 보이지 않는다. 오히려 멋있고 당당하게 보인다.

이곳 사람들이 짜게 먹고, 술(포

할아버지 운전기사

도주)도 많이 마시는데도 불구하고 오래 사는 이유를 몰랐는데, 그래서 오래 사는 건지 모르겠다.

적당한 노동과 맑은 공기, 그리고 발효식품이 이 나라를 장수국으로 만들어준 건 아닐까?

조지아 노리오

여하튼 이 할아버지, 안전벨트도 안 하고 조심조심 운전을 한다.

1시간 정도 가니 노리오이다.

경치가 좋다고 하여 와 보았는데 그냥 황량할 뿐이다. 하늘은 구름이 끼어 먼 산의 설산은 볼 수가 없고, 쓸쓸한 초겨울 풍경이다.

저쪽 산위에 성당 같은 것이 보인다.

트빌리시 국립공원 속에 있는 이곳에는 성 니콜로즈 교회(St. Nikoloz Church), 안톤 마톰코펠리 수도원(Anton Martomkhofely Monastery), 그리고 마르트코피 수도원(Martkopi Monastery) 등 세 개의 성당과 수도원이 있는데, 모두 저쪽 산꼭대기 뒤에 있다.

우리나라에서 절 구경하는 것처럼 이곳에선 성당이나 수도원 구경인데, 저기까지 가려니 어림잡아 5km는 훨씬 넘을 듯하다.

노리오 풍경

62, 할아버지들도 일을 한다.

노리오 풍경

물론 운동 겸 산책 겸 관광 겸 온 것이긴 하지만, 5-6km를 그것도 산으로 올라가는 구불구불한 산길을 왕복하려면 10km 이상을 걸어야 하는데, 시간도 시간이려니와 체력도 감당이 안 된다.

왜 산꼭대기에다 교회를 지었누? 마을 사람들 체력 단련시키려고? 물론 아닐 것이다.

아마도 하느님은 높은 곳에 계시니 교회가 조금이라도 높은 곳에 있어야 하느님과 좀 더 쉽게 교통할 수 있다고 생각하였기 때문이리라.

어리석은 생각이다. 하느님은 늘 우리와 함께 계시거늘!

그렇지만 마을의 신도들이 교회 다니다 보면 체력은 저절로 늘겠다. 요것도 이들이 오래 사는 이유 아닐까?

조지아 노리오

일단 운동하러 나왔으니 길을 따라 걷는다. 길은 포장이 안 되어 있지만 꽤 넓은 자갈길이다. 걷기에는 괜찮다.

걸으면서 지나가는 차가 오면 타고 가 볼 요량이다.

차가 몇 대 지나가기는 했으나, 걷고 있는 우리가 처량하게 보이지 않는 모양이다.

허긴 태워달라고 손을 흔든 것도 아니고, 씩씩하게 걷고 있었으니 저쪽도 태워줄 생각을 안 하는 거다.

한 2km 정도 걸으니 이제 오르막 산길이다.

때는 왔다. 이제 우리는 우리의 분수를 알아야 할 때이다.

돌아가자.

'성당이나 수도원 구경해봐야 그게 그거지 뭐. 양파 까기 아닌감!'

'그렇지만 저 위에 올라가면 내려다보는 전망은 좋을 걸.'

섭섭하지만 되돌아 다시 걷는다.

바람이 차다.

노리오라는 동네 골목을 기웃거려보지만 볼 만한 건 전혀 없다.

마슈르카 내린 자리에서 다시 마슈르카를 타고 삼거리로 향한다.

삼거리 가기기 전 오른쪽으로 우리로 된 큰 건물이 눈에 뜨여 마슈르카에서 내려 건물로 향한다.

이 건물이 무엇인고? 가까이 가보니 경찰서비스 통합센터(Police Unified Service Center) 건물이다.

여기뿐만이 아니고 므츠케타의 스베티츠코벨리 성당 뒤편에 있는 경찰서 역시 유리로 되어 있었던 것이 생각난다.

아마도 조지아의 경찰서 건물들은 유리로 만드는 것이 유행인 모

경찰서비스 통합센터

양이다.

나중에 그 이유를 알아보니 '부패 없는 깨끗하고 투명한' 경찰 서비스를 제공하겠다는 의지의 표현이라고 한다.

옛날, 그러니까 1991년 소련 연방 해체 이후 조지아는 독립하였지만 당시에는 '경찰=부패'라고 할 정도로 엄청 부패했었다고 한다.

조지아가 독립하면서 고르바쵸프의 개방 개혁 당시 외무부 장관이었던 세바르드나제가 대통령이 되었는데, 이 양반은 러시아 내무 관료 시절 '부패와의 전쟁'에서 이름을 떨쳤음에도 불구하고 정작 자신의 부하들이 저지르는 부정부패를 척결하지 못하다가 부정선거 시비로 장미혁명이 일어나 대통령 자리에서 쫓겨났다.

2003년 장미혁명으로 집권한 37살의 사카슈빌리 전 대통령은 단

조지아 노리오

호한 경찰 개혁을 통해 부패를 뿌리 뽑았다고 한다. 곧, 기존 경찰을 모두 해체해버리고 새로 경찰을 뽑아 경찰조직을 다시 만들었고, 새로 뽑은 경찰들에게 월급도 팍 올려주었다고 한다. 부정부패 못하게!

월급 많이 받는데, 부패할 이유가 없지~!

물론 경찰서도 투명한 유리로 지었고.

사카슈발리 씨가 경찰 개혁의 칼을 빼든 숨은 목적은 기존의 정치세력에 기생하던 경찰 조직을 파쇄하고, 자신의 정치적 지지기반을 굳히기 위한 것이었겠지만, 결과적으로 조지아의 치안도 아주 좋아졌다.

조지아 경찰은 영어도 좀 하고, 친절하고, 월급도 많이 받아서인지 일등 신랑감으로 꼽힌다고 한다.

이곳 경찰서 앞에서 구글 지도 앱에 표시된 가장 가까운 버스 정류장으로 가 버스를 타고 아블라바리 전철역으로 간다.

호텔에 들어가기 전에 낀깔리에 들려 이 집에서 만든 포도주 한 잔을 곁들여 식사를 한다.

62, 할아버지들도 일을 한다.

63. 참으로 뻔스럽구나!

2018년 11월 19일(월)

오늘은 다비드 가레지 수도원(David Gareji Monastery: 가레자 수도원이라고도 함)으로 놀러 가는 날이다.

가레지 수도원은 조지아인들이 일생 동안 꼭 한 번은 방문한다는 영적인 성지인데, 아제르바이잔 국경이 접하는 나무가 없는 사막지역에 있다.

가레자(Gareja)까지는 그저께 므츠케타에서 즈바리 수도원으로 안내해준 샬바(Shalva) 씨 차를 타고 150라리(약 64,000원)에 가기로 되어 있는 것이다.

가레자 수도원

조지아 가레자

어제 미구엘(Miguel)로부터 전화가 와 우리랑 같이 가레자 수도 원에 가자면서 샬바 씨에게 전화를 해달라고 하여, 샬바 씨와 아블라 바리 전철역에서 10시에 출발하기로 약속한 것이다.

아마도 지딴에 가레자 가는 걸 알아본 모양이다. 150라리(약 65,000원)면 일인당 50라리(약 22,000원)인 셈이니, 정말 싼 가격이다.

시내 관광업소에 붙어 있는 광고판만 해도 250라리(약 108,000 원)로 쓰여 있지 않던가! 그러니 깎아도 200라리(약 85,000원)는 주어야 하는 건데, 정직하고 성실한 샬바 씨가 150라리라고 하였으니, 샬바 씨 차를 탈 수밖에.

여기 가시는 분들을 위해 샬바 씨 명함을 여기에 놓고 간다.

택시 기사 샬바 씨 명함

가레자 가는 길

이 분은 믿을 만하다. 바가지 쓰지 않고 트빌리시에서 관광을 하시려면 이 분을 이용하시라!

10시 아블라바리 전철역에서 출발하기로 되어 있으나, 미구엘, 이 녀석 10시가 되어도 나타나지 않는다. 샬바 씨는 벌써 만났는 디……

10시 9분, 미구엘이 어제와 같은 독특한 옷차림으로 전철역에서 나온다.

9시에 출발하자던 놈이……. 허, 참!

역시 자유로운 영혼이다.

"왜 늦었냐?"

"빵도 사고……(어쩌고 저쩌고)……."

조지아 가레자

가레자 가는 길: 설산

"난 니가 적어도 십분 전엔 와서 기다릴 줄 알았는데, 10분이나 늦다니!"

책망조로 말하니, 미안하단 말 대신

"스페인에선 이게 정상인디요. 10분 늦는 건!"

이런 녀석을 봤나! 참으로 뻰스럽구나!

그러면서 하는 말이,

"어제 독일로 간 여자 친구는 1분만 늦어도 노발대발해요."

미운 말만 골라서 한다.

"나두 그려. 나두! 나두 화났다. 노인네 기다리게 하는 건 잘못이다."

그냥 점잖게 말한다.

63. 참으로 뻰스럽구나!

10시 10분에 택시는 출발한다.

약 한 시간쯤 가니 길 좌우로 황량한 들판이다. 왼쪽 들판 너머로 검은 산들이 있고, 그 너머로는 흰 눈을 인 코카사스의 산들이 줄을 지어 이어진다.

비포장길로 가다보면 만나는 조그마한 호수는 소금호수여서 생명체가 살지 못한다고 한다.

11시 40분쯤 자그마한 산들이 옹기종기 모여 있는 것이 왼편으로 보인다.

12시엔 오른쪽으로 저 멀리 망루 같은 것이 보인다.

왼편으로는 조그마한 산들이 나타나고, 조금 더 가니 이제 독특한 회색과 붉은 색의 띠가 층층으로 나타나는 지형이 나타난다. 산의 무

가레자 가는 길

조지아 가레자

가레자 가는 길

가레자 수도원 앞

63. 참으로 뻔스럽구나!

늬가 미국의 아리 조나 주와 유타주에서 본 산들과 비슷하다.

이를 삼겹살의 색깔에 빗대어 '베이컨'이라고 부르는가 하면, '노아의 방주가 지나간 자리'라고 떠벌리는 사람들도 있다고 한다.

정말 노아의 방주가 여길 지나갔다고?

전부 상상력이 꾸며낸 이야기일 것이다.

라브라 수도원

12시 10분, 가레자 수도원(Gareji Monastery) 주차장에 차를 세운다.

차를 세우고 내려 보니 커다란 집이 한 채 있고, 화장실은 그 건물 뒤쪽에 있다.

샬바 씨 말에 따르면, 여기엔 레스토랑은 물론 일 년 전에는 화

조지아 가레자

114

장실도 없었다며, 지금 이 건물은 지은 지 일 년밖에 안 되었다고
한다.

　다비드 가레자 수도원은 성 다비드 가레지(St. David Gareji)의
이름을 따서 지은 수도원이다.

6세기경 메소
포타미아에서 13
명의 금욕주의 수
도사들이 코카사
스로 오게 되었는
데, 그 중 한 분인
다비드 가레지 씨
가 사막 바위지대
인 이곳에 교회와
수도원을 만들었
다고 한다.

　여기에는 두
개의 수도원이 있
는데, 하나는 성
다비드 라브라 수
도원(St. David
Lavra Monastery)
이고, 또 다른 하
나는 우다브노 수

라브라 수도원

도원(Udabno Monastery)이다.

이곳에서 교회 문서가 번역되고 복사되었다는데, 프레스코화가 유명하다.

조지아 인들은 이곳을 3번 방문하는 것이 예루살렘을 순례하는 것과 같다고 생각할 정도로 이 수도원을 중요시 여긴다.

일단 라브라 수도원부터 들어가 구경을 한다.

문으로 들어가면 뜰이 있고 뜰

라브라 수도원

왼편 산등성이 쪽으로는 바위로 된 굴들이 파여 있고, 오른쪽으로는 3층짜리 목조로 된 집이 있고, 정면 왼쪽에는 이층으로 오르는 계단이 있는데, 이층 회랑 너머로는 성벽과 망루가 있다.

저쪽 산등성이 쪽 굴은 수도사들이 수도하는 방으로 사용하는 듯

라브라 수도원 동굴

하다.

신기한 구경거리이다.

1층에 있는 방과 굴에 들어가 본다. 역시 이콘과 십자가 등이 있는 방이다.

계단을 통해 2층으로 올라가 뜰을 내려다본다. 그리곤 회랑 끝 부분의 굴로 들어가 본다.

굴속으로 길이 연결되어 있다.

어떤 굴에는 굴 안에 샘이 있다. 참 신기하다.

굴을 지나 3층으로 올라오니 성벽과 망루가 보인다.

64. 자유로운 영혼!

2018년 11월 19일(월)

이제 우다브노 수도원(Udabno Monastery) 표지판이 가리키는 방향으로 산을 오른다.

경사가 급하여 위험한 길이다.

가면서 뒤 돌아보며 라브라 수도원과 그 너머 경치를 감상한다.

산을 오른 길가에도 가끔가다 수도하기 위해 파 놓은 굴이 있다.

경사가 급한 길을 헥헥거리며 오른다.

우리의 자유로운 영혼 구미엘은 누가 보든 말든 상관없이 '쉬'를

우다브노 수도원 가는 길

조지아 가레자

우다브노 수도원 가는 길: 국경

한다. 참 못 말리는 녀석이다.

한참 젊은 녀석이면서, 체력이 없는지 되게 헥헥거린다. 여자인 주내가 이 친구 짐을 들어준다. 불쌍해서!

이 녀석은 마치 누군가의 보호 없이는 살아나갈 수 없는 것처럼 행동한다.

아마도 어제 독일로 돌아간 처녀는 이 녀석의 순수함이랄까, 아님 연약한 면을 보고 모성애가 발동되어 함께 다녔을 것이다.

가면서 군대 애기가 나왔는데, 자기는 군대 절대 안 간다고 한다. 이 젊은 친구는 가보지도 않은 군대를 마치 지옥에라도 가는 것처럼 무서워한다.

64. 자유로운 영혼!

그러면서 나보고 잘 걷는다고, "스트롱 맨, 스트롱 맨!" 하면서 존경의 눈초리로 쳐다본다.

세상에 살다보니 나처럼 허약 체질을 '스트롱 맨'이라니!

역시 오래 살고 볼 일이다.

경사진 산등성이 좌우로는 관목과 1미터가 넘는 풀들이 꽉 차 있고, 오른편엔 쇠로 된 경계선이 있다.

아하! 이 선 너머가 아제르바이잔이구나.

쇠로 된 경계선을 따라 때로는 국경을 넘나들며 오르고 또 오른다. 계속 오르다 보니 산 능선이다.

결국 산을 넘어 벼랑길을 따라간다. 쇠로 된 국경선은 산 너머 능선을 따라 계속 이어진다.

우다브노 동굴 수도원

조지아 가레자

우다브노 동굴 수도원: 교회와 프레스코화

역시 산등성이의 경사는 엄청 급하다.

산등성이에 나 있는 오솔길 오른쪽에는 국경선을 표시하는 쇠말뚝과 말뚝 사이가 역시 쇠막대로 연결되어 있다.

그러니까 여기서 왼쪽 위는 조지아이고, 오른 아래쪽은 아제르바이잔인 셈이다.

가다 보면 절벽에 많은 동굴들이 있다. 동굴 안은 프레스코화가 유명하다.

64. 자유로운 영혼!

동굴 하나하나가 교회이고, 수도원인 셈이다.

우다브노 수도원은 따로 집이나 교회가 모여 있는 곳이 아니고 이들 동굴들 모두가 우다브노 수도원인 것이다.

여기까지 오는 길은 힘든 길이지만, 와 볼 만하긴 하다.

라브라 수도원만 보시고는 산을 오르다 힘들다고 그냥 돌아가지 마시고 산 너머로 우다브노 수도원의 프레스코화도 꼭 감상하고 가시라고 권하고 싶다.

오른쪽 낭떠러지 밑은 아제르바이잔이다.

우다브노 수도원: 프레스코화   산꼭대기 성당

조지아 가레자

아슬아슬하다. 여기서 슬쩍 미끄러지면?

어떻게 이런 델 기어오르면서 동굴을 파고 수도를 했나? 먹는 거마실 거는 어찌 조달했을까? 저 산 밑에서 여기까지 어떻게 운반을 했을까?

아마도 식량과 물을 이곳으로 운반해 오는 것만 해도 충분히 수양이 될 거 같기는 하다.

65. 돼지 가족들

2018년 11월 19일(월)

동굴 하나하나를 보면서--물론 동굴을 다 본 건 아니다. 그걸 어찌 다 보누?--끝까지 가다보니 산꼭대기에 이른다.

산꼭대기에는 조그마한 성당이 하나 있다.

그리고 저쪽 위쪽으로는 군인 두 명이 총을 들고 지키고 있다.

산위는 역시 전망이 좋다 저 북쪽으로는 설산들이 보이고 남쪽은 아제르바이잔이고.

군인들에게 사진기를 들여대니 찍으면 안 된다고 한다.

오케이.

산꼭대기 성당과 경비 초소

조지아 가레자

"우리가 수도원에서 저쪽으로 이리이리 올라왔는데, 내려가는 다른 길은 없는가? 좀 더 쉬운 길이 있으면 알려다고."

그러니 손으로 가리키면서

"이쪽 길로 가시면, 비교적 평탄하고 힘들지 않을 겁니다."

우린 오른쪽으로 난 비교적 좋은 길을 따라 수도원 쪽으로 내려간다.

내려가는 길에 만나는 바위벽으로 된 비탈에도 동굴을 파 놓은 것이 보인다.

바로 이 동굴이 성 다비드 가레지 씨가 수도를 한 동굴이라고 한다.

이 동굴에 앞에는 커다란 오디나무가 무성하게 자라나 그늘을 만

다비드 가레지가 수도한 동굴

65. 돼지 가족들

양떼들

들어 주고 있다.

　이 동굴을 지나 완전히 수도원 밑으로 내려오니 2시 20분이다.

　가지고 간 빵을 운전기사인 샬바 씨에게도 노나 주고, 개에게도 노나 주며 먹는다.

　샬바 씨 말에 따르면, 이 산에는 독사들이 많기 때문에 조심해야 한다고 한다. 지금은 물론 요놈들이 추워서 땅속으로 기어들어갔으니 안심해도 된다며.

　이 말을 들으니 여름에 안 오기 정말 다행이다.

　여름에 가레자 가시는 분들은 산을 오를 때 독사를 조심하시라!

　또한 성수기엔 스낵 등을 파는 장사꾼들이 있지만, 지금은 먹을 곳이 없다.

조지아 가레자

양떼들

그러니 가을에 이곳에 가려면 먹을 것을 준비해서 가져 가셔야 굶지 않는다.

2시 40분 다시 트빌리시로 돌아간다.

돌아가는 길에 길을 막는 양떼들을 보니, 이 나라가 유목국가구나 라는 생각이 다시 든다.

조금 더 가니. 이젠 돼지들이다.

아빠 돼지 엄마 돼지, 그리고 아기 돼지 여덟 마리가 종종 걸음을 친다. 아기 돼지 한 마리는 뚝 떨어져서 따라오고 있다.

언제나 이런 놈은 있기 마련이다.

해찰하며 무리에서 떨어졌다가 '아이쿠' 하면서 뛰는 놈 말이다.

여하튼 평화로운 풍경이고, 재미있는 풍경이다. 돼지 가족들 때문

돼지 가족들

에 왠지 모르게 마음이 푸근해진다.

5시에 도착하여 우리의 전용식당이 되어버린 낀깔리로 간다.

짜짜와 돼지 바비큐, 송아지 고기 요리와 차 등을 시켜 이른 저녁을 먹는다.

돼지 바비큐를 맛있게 먹으면서, 왜 아까 본 돼지 가족들이 생각나지?

조지아 가레자

66. 신학자가 되려다 독재자 살인마가 되었으니…….

2018년 11월 20일(화)

호텔을 다시 옮긴다. 이름 없는 호텔은 방이 환하고 시설이 좋기는 한데 매니저가 영 불친절하다. 처음부터 기분이 안 좋았는데……, 호텔이 서비스 시설이라는 개념 자체가 없는 듯하다.

물도 안 주고. 돈은 매일 자꾸 달라 하고…….

숙박비 떼먹는 사람이 그리 많은가?

한꺼번에 며칠 분 계산을 같이 하면 좋으련만, 매일 숙박비를 달라하니, 이것도 귀찮다.

에이, 절이 싫으면 중이 떠나야지!

아블라바리 근처

약 5분 거리의 호텔 클래식(Hotel Classic)으로 옮긴다.

1시까지 쉬다가 낀깔리에서 치즈가 든 가짜부리와 질항아리 속의 콩과 맥주와 차를 시켜서 먹고 마시고 걸어서 시내로 내려간다.

여왕궁을 올려다보며 사진을 찍고, 길을 건너 스탈린이 공부했다는 시오니 성당(Sioni Cathedral)으로 가 본다.

여왕의 궁전

옛날 조지아 정교회의 본산이었던 이 성당에는 조지아 정교회의 주요 유물 중 하나인 성녀 니노의 머리카락으로 묶은 포도나무 십자가가 보관되어 있는 것으로 유명하다.

조지아 트빌리시

이 십자가는 대성당 제단 왼쪽에 있다.

참고로 2004년 세계에서 제일 큰 성 삼위일체 성당(St. Trinity Cathedral)이 완공되면서 조지아 정교회 본부는 이곳에서 성 삼위일체성당으로 옮겨 가게 되었다.

그러나 이 니노의 십자가는 어디에 있는지 눈에 보이지 않는다. 들리는 말에 의하면 십자가가 제단 왼쪽 금박 장식의 벽 뒤에 있고, 1년에 2번만 공개 행사를 한다는데 그래서 그런 건지…….

한편 이 성당은 스탈린과 인연이 있다. 곧, 스탈린은 이 성당의 신학교에서 신학자가 되려고 했다

시오니 성당

66. 신학자가 되려다 독재자 살인마가 되었으니…….

는데······.

스탈린은 신기료장수인 아버지와 재봉사인 어머니 사이에 태어났는데, 생활무능력자이자 술주정뱅이(알코올 중독자)인 아버지한테 늘 무지막지하게 얻어맞았다고 한다.

이런 구타가 스탈린의 성격에 영향을 미친 것 아닌가라는 생각이 든다.

스탈린은 이 성당에서 운영하는 신학교(이 신학교는 이 성당 옆에 있음)에서 장학금을 받고 입학하여 우수한 성적으로 졸업할 뻔 했으나, 마르크스, 엥겔스 등의 서적을 읽고 감명을 받아 혁명을 꿈꾸며 비밀결사에 가

시오니 성당

조지아 트빌리시

담하여 기말고사를 치르지 않은 탓에 불량학생으로 낙인찍혀 퇴학당 했다고 한다.

그러나 스탈린 엄마는 '스탈린이 몸이 약해 중퇴한 것'이라고 주 장하고, 또 다른 사람은 스탈린 자신이 혁명가가 되기 위해 자퇴했다 고 주장하지만, 이 신학교 기록에는 수업료를 못내 퇴학당했다고 되 어 있다는데……

스탈린의 본명은 이오시프 비사리오노비치 주가시빌리인데, 이 성 당에서 운영하는 신학교를 다닐 때 필명으로 사용한 스탈린으로 개명 하였다고 한다.

이 신학교 재학 당시 스탈린이 지역 신문에 발표한 시는 이 지역 유지들과 문인들의 칭송을 받기도 했다고 한다.

이런 신학생이 독재자 살인마가 되었으니…….

성당 모습은 다 비슷비슷하다. 다만 이 성당 안의 벽화는 새롭게 단장된 것인지 선명한 것이 다른 교회의 낡은 벽화와는 다르다.

이 성당 앞에는 1812년 러시아-터키전쟁에서 승리한 기념으로 러 시아인들이 지은 3층의 종탑이 있는데 교회의 묵중한 모습과는 대비 된다.

현재 이 종탑은 사용하지 않고 옛날, 곧 1425년에 조지아 왕 알 렉산더 1세가 세운 종탑을 사용하고 있다.

강변을 따라 걷는다.

가장 오래된 조지아 정교회라는 안치스카티 성당(Anchiskhati Basilica)을 구경한다.

이 교회는 1675년 성모 마리아에게 헌정된, 은색과 금색으로 예

안치스카티 성당

수님의 얼굴이 각인된, 아이콘이 수세기 동안 보관되었던 곳이다. 이 아이콘은 현재 조지아 국립미술관에 소장되어 있다.

이 아이콘은 12세기 금세공가인 베카 오피자리(Beka Opizari)가 만든 것인데, 원래 조지아 영토(지금은 터키 영토)였던 안차(Ancha)의 수도원에 있던 것을 오스만 터키의 침략을 피해 이 교회로 옮겨 보관 하였기에 원래는 성모 성당이라 불렀으나 안치스카티(안차의 아이콘이 라는 뜻) 성당이라는 이름을 얻었다고 한다.

소련 시대에는 수공예 박물관으로 쓰이다가 1958-1964년에 교회 로 복원되었다고 한다.

일설에는 스탈린 어머니의 묘가 이 교회에 있다고 한다. 그러나 므타츠민다(Mtatsminda: 트빌리시 남쪽의 산) 중턱의 조지아 국립묘지

조지아 트빌리시

에 있다는 설이 더 유력하다. 이장하지 않았다면!

참고로 므타츠민다의 '므타'는 '산'을, '츠민다'는 '거룩하다, 성스럽다'는 뜻을 가지고 있어 므타츠민다는 '거룩한 산, 성스러운 산'이라는 뜻이다.

한편 이 성당은 안치스카티 합창단(Anchiskhati Choir)으로도 유명하다.

교회 앞의 옆 골목으로 들어서면, 마리오네트 시계탑(Marionette Clock)으로 알려진 옛 시계탑이 보인다.

이 시계탑은 레조 가브리아제 마리오네트 극장(Rezo Gabriadze Marionette Theater) 건물의 일부라는데, 저녁 6시에 시

마리오네트 시계탑

66. 신학자가 되려다 독재자 살인마가 되었으니…….

인형 박물관 앞 동상

계탑 가운데 문이 열리고 인형이 춤을 춘다고 한다.

아직 시간이 안 되었으니 이따가 오자!

마리오네트 극장에서 조금 가면 큰 거리가 나오는데, 오른쪽으로
춤추는 동상들이 있다.

인형 박물관(Puppet Museum) 앞에 있는 재미있는 조각품이다.
술 먹고 춤추는, 보기만 해도 저절로 흥이 나는 조지아 시민들의 모
습을 표현해 놓은 걸작이다.

이런 동상도 자세히 살펴보면, 더 재미있다. 자세히 보시라!

춤만 추면 됐지 왜 앞의 아줌마 엉덩이는 만지누? 미투(Me too:
성희롱당했다고 까발리는 운동)하면 어쩌려고?

보기만 해도 웃음이 난다.

조지아 트빌리시

67. 환전소 조심

2018년 11월 20일(화)

지하통로를 지나 조지아 사법부 근처의 구름다리(Overpass near House of Justice)를 건너면 버섯 모양의 지붕들이 모여 있는 건물이 나타난다.

이 버섯 건물은 공공서비스 홀(Public Service Hall)이다.

외양이 특이하다.

안으로 들어가면 민원을 처리하는 부서들이 둥글게 블록을 지어 놓여 있고, 들어서는 곳엔 인포메이션이 있어 일단 여기로 가서 OOO 일 때문에 왔다고 하면 번호표를 뽑아 준다.

트빌리시 공공서비스 홀

트빌리시 시내 풍경

번호표에 찍힌 곳으로 가서 자기 번호가 나오면 담당자와 당당히 이야기하면 된다.

시장바닥같이 웅성웅성하지만, 민원인들에게 쉽게 공공서비스를 제공해주는 아이디어가 돋보인다.

한편 이 건물 가장자리로는 유리 상자 형태의 박스 건물이 있고 그 안에는 사무실이 있다.

물론 강 쪽 1층에는 카페도 있다.

카페가 있는 쪽의 가운데에는 2, 3, 4, 5, 6층으로 올라가는 엘리베이터가 있고 그 옆에 화장실로 내려가는 지하계단이 있다.

계단을 내려가면, 왼쪽은 숙녀용, 오른쪽은 신사용이다.

화장실은 전부 칸막이가 되어 있고 깨끗하다. 손 씻는 곳도 있고,

조지아 트빌리시

트빌리시 공공서비스 홀

종이 수건도 있는 고급 화장실이다.

공공서비스 홀이라서 그런지 돈은 받지 않는다.

다른 사설 화장실은 보통 1라리(약 450원)를 받는 데도 지저분한 곳이 많은데, 역시 공공서비스 홀이다.

시내 구경은 이렇게 걸으면서 하면 된다.

이른 저녁은 자장면이다. 다시 화이어 왁으로 간다.

이른 저녁이라서 아직 배고프진 않다. 자장면 하나만 시켜 둘이 노나 먹는다.

그리곤 6시가 되기 전에 마리오네트 시계탑의 인형극을 보기 위해 천천히 자유 광장을 지나 내려간다.

67. 환전소 조심

내려가다 보니 길 건너편에 환전상이 보인다.

아직 시간이 좀 남아 있으니 환전을 하고 가야겠다 싶어 지하통로를 통해 길을 건넌다.

지하통로를 빠져 나오니 1달러에 2.70라리 전광판이 눈에 띈다. 그런데 그 옆에는 2.74라리 전광판이 보인다.

얼마 안 되는 돈이지만 이왕이면 몇 푼이라도 더 받고자 2.74라리 환전소로 들어간다.

100달러를 내니 돈을 내주는데 243라리를 준다.

엥?

2.74를 가리키니 그 밑을 보라는 손짓이다.

자세히 보니 9% 수수료가 있다고 쓰여 있다.

그래도 그렇지, 263라리를 준다면 "에이~" 그러고 말겠는데, 다른 환전소보다 31라리를 더 수수료로 떼 간다니 말이 안 된다.

돈을 도로 밀어 넣으면서 100달러를 돌려달라고 한다.

"안 돼"

"내 돈 돌려 줘"

"안 돼."

이런 도둑x을 봤나?

"내 돈 내놔."

"노우!"

그러면서 9% 수수료 규정을 가리킨다.

"나두 노우! 내 100달러 내놔!"

이제는 딴청이다. 응대도 안 한다. 완전히 눈뜨고 코 베어가기다.

조지아 트빌리시

므타츠민다 산 위의 TV 탑

할 수 없이 경찰을 부르는 수밖에 없다.

나는 "폴리스, 폴리스!"하며 밖을 가리킨다.

주내가 밖으로 뛰어 나간다.

한 눈 팔며 해 보라면 해 보라는 듯이 딴청부리던 x이 약간 긴장한 모습이다. 그러더니 100달러를 내민다.

에이, 도둑x 같으니라구!

그리곤 주내를 불러 270라리 환전소로 간다.

여기는 사람이 바글바글하다. 줄을 서서 기다린다.

어쩐지 274엔 사람이 없더라니……. 푼돈 조금 더 받으려다 31라리나 손해 볼 뻔했네. 31라리면 14,000원 돈인데…….

67. 환전소 조심

내가 누구냐? 의지의 한국인이다!

이 글을 읽으시는 분들은 환전소에 사람이 없으면 아무리 환율이 좋더라도 일단 의심을 해보시기 바란다. 반드시 수수료를 얼마나 챙기는지 살펴보아야 한다.

보통 사설환전소는 수수료 없이 환전하는 환율을 밖에 표시해 놓지만, 외국관광객 등 쳐먹는 요런 곳도 있으니 정말 조심하시라!

돈 바꾸느라 시간 좀 끌었다.

이제 옛날에 지은 극장 시계탑으로 간다. 7분 전 6시다.

6시에 시계탑 문이 열리며 인형들이 나와 춤을 춘다니 이걸 구경

마리오네트 시계탑

조지아 트빌리시

대통령궁 야경

하러 많은 사람들이 이미 모여 있다.

그런데…….

여섯시 1분 전쯤 시계탑 꼭대기의 문이 열리며, 백발노인 인형이 나와 종을 한 번 '뎅' 치고는 문으로 쏙 들어가 버린다.

그리곤 끝이다.

아무리 기다려도 인형들이 춤추는 것은 안 나온다.

속았다!

많은 사람들이 인형 춤추는 걸 보려고 기다리다 하나둘씩 자리를 떠난다.

허긴 십 분을 기다리는 멍청한 사람은 없다.

다시 슬슬 걸어 호텔로 돌아온다.

67. 환전소 조심

돌아오는 길에 길 건너 강 건너 절벽 위의 대통령궁과 오른쪽 나리칼리 요새의 야경, 므타츠민다(Mtatsminda) 산 위의 트빌리시 TV 탑, 그리고 여왕의 궁전 야경 등을 을 사진기에 넣는다.

68. 기대가 없어야 수확이 큰 법

2018년 11월 21일(수)

오늘은 짤카(Tsalka)로 갈 예정이다.

먼저 알아본 바에 의하면, 짤카 가는 마슈르카는 11시와 3시 두 번 있다고 한다. 그곳에선 5시 차를 타고 오면 된다.

이 도시는 트빌리시에서 서쪽으로 100km 정도 떨어져 있는데, 호수와 협곡이 있다.

10시에 호텔을 나선다.

삼거리 버스 정류장에서 짤카(Tsalka) 가는 마슈르카를 탄다. 11시에 출발한다. 요금은 8라리이고 2시간 걸린다.

11시 50분쯤 트비시의 호수를 지나 계속 올라간다. 고개를 넘는다.

오른쪽 산의 바위봉우리가 우람한 것이 멋있다.

다시 뱅뱅 돌며 내려간다.

우리에겐 목적지가 어떠한가보다는 마슈르카를 탔다는 것이 중요하다.

목적지에 대해선 크게 기대하지 않는다.

더 큰 기쁨을 맛보기 위해선 무기대가 필요한 법이다. 기대가 없어야 수확이 큰 법이니까.

드디어 눈이 보인다.

이 차는 해발 1227미터, 1300미터 고지를 달리고 있다.

왼쪽으로 눈을 인 설산이 가깝다. 계속 오른다.

짤카 캐년 가는 길

계속 현재의 위치를 추적한다. 심심하니까 MAPS.ME를 가지고 노는 것이다.

1302, 1304, 1326, 1344, 1361, 1373, 1430이다. 1435m에서 이제 조금씩 내려간다.

길옆에 눈이 남아 있다. 다시 오른다.

1437m, 그러더니 금방 1487, 1481, 1477, 1522, 1504, 1535, 1528, 1544, 1569, 1588m이다.

옆의 눈을 인 산이 이제 밑으로 보인다. 1628, 1638, 1664, 오른쪽 길에도 잔설이 보인다.

좌우가 눈이다.

1시가 안 되어 짤카에 내린다.

조지아 짤카

짤카

    일단 식당으로 가서 돼지 바베큐와 가짜부리, 그리고 차를 시킨다. 시골이라 음식값은 더 싸다. 18라리, 약 8,000원 정도다.

    그리곤 센터로 나와 택시를 타려 하니 캐년까지 20라리를 달란다.

    에이, 그냥 시내 구경이나 하자.

    그러다보니 빨간 봉고차 운전수가 우리보고 타란다.

    "돈 없어!"

    "돈 안 받아도 되니 타세유."

    짤카 캐년으로 간다.

    포장도로에서 캐년 쪽으로 차를 모는데 진흙구덩이에 차가 빠졌다.

    일단 캐년 쪽으로 가 본다. 크게 볼만하진 않으나, 계곡은 깊다. 그냥 여기까지 왔으니 좋게 생각하고 내려다본다.

68. 기대가 없어야 수확이 큰 법

캐년 저쪽 너머로는 설산들이 보인다. 경치만 따진다면야 설산의 경치가 훨씬 좋다.

저쪽 언덕바지에는 조그만 예배당이 있다.

대충 한 번 쓱 보고는 차로 돌아온다.

이제 차를 빼내야 한다.

차는 계속 헛바퀴만 돌 뿐이다.

운전기사는 돌을 들어 뒤 트렁크 쪽에 싣고 빠져나가려 하나 역시 실패한다.

우리는 자갈들을 두 손으로 끌어 모아 차바퀴 밑에 넣어보기도 하나, 역시 차는 제자리걸음이다.

차를 빼느라고 한 삼십여 분 고

짤카 캐년

조지아 짤카

짤카 캐년

생을 했으나 그래도 차는 미끄러지기만 할 뿐이다.

어떻게 나올 수 있게 되려니 했던 경우도 없진 않았지만, 도로의 턱에 걸려 다시 뒤로 주욱 미끄러진다.

결국 지나가는 차가 차를 연결하여 도움을 준다.

우릴 위해 차를 협곡 가까이 대려다가 습지에 빠졌으니 그냥 꽁짜로 있을 수가 없다.

15라리를 쥐어주니 고마워한다.

짤카 시내는 그냥 시골동네이다. 별로 볼 건 없다.

트빌리시 가는 정류장에서 물어보니 네 시에도 차가 있다고 한다.

4, 5, 6, 7시, 한 시간 간격으로 있다고 한다.

그런데 왜 5시 차를 타라고 했을까?

68. 기대가 없어야 수확이 큰 법

시간마다 차가 있다면, 더 느긋하게 협곡 구경을 했을 텐데······.

어찌되었든 잘 됐다. 한 시간이라도 빨리 가면 좋지 뭐. 볼 것도 없고, 이렇게 추운데.

차는 만원이다. 몇 사람은 서서 간다.

오늘 일정은, 글쎄, 기대가 없었지만 큰 기쁨을 맛보지는 못한 일정이다.

참고 하시라!

조지아 짤카

69. 무슨 일을 하든 기쁜 마음으로 해야

2018년 11월 22(목)

오늘 일정은 고리로 가 스탈린 생가와 스탈린 박물관을 보고 우 플리스치케(Uplistsikhe) 동굴 마을을 방문하는 것인데, 아침부터 비가 온다.

비가 방해를 한다.

비 오는 날이 공치는 날인데······.

그냥 호텔에서 뒹굴뒹굴하다가 1시에 점심 먹으러 〈화이어 왁〉으 로 간다.

웬 사람들이 이리 많은가? 비가 내리는 가운데 줄 지어 서 있다.

셰프는 부지런하다.

그러나 일이 많은데다 옆의 보조가 주문을 잘못 받아 화가 나 있 다.

화를 내며 만든 음식은 좋은 게 아닌데······.

음식 재료를 왁에 넣을 때, 그리고 조리한 음식을 종이 그릇에 담 을 때. 팍팍 던지는 모습이 보인다.

보는 내가 불쾌하다.

그렇게 생각해서 그런지 음식이 맛이 덜하다.

내 기분 때문일까?

무슨 일을 하든 기쁜 마음으로 해야 한다. 그래야 본인도 좋고 상 대방에게도 좋은 것이다.

결국 2시 반이 다 되어 밥을 먹는다.

그리고는 돌아온다.

저녁은 낀깔리에서 포도주 한 잔과 버섯 위에 치즈를 올려 구운 요리 등을 먹는다.

흔히들 조지아는 신이 음식바구니를 들고 가다 넘어져 쏟아놓은 나라라고 한다. 그만큼 다양한 음식들이 맛있다는 거다.

특히 러시아인들이 이곳 음식을 '러시아의 전라도음식'이라고 한대나 뭐라나.

러시아의 세계적인 시인 푸시킨은 "조지아 음식은 하나하나가 시와 같다."라고 칭송했다는데, 내 입엔 특히 거북하지는 않았지만, 그렇게 맛있다고는 느끼지 못했다.

세계에서 제일 맛있는 우리나라 음식과 비교할 수는 없겠지만.

우리나라 음식 빼고, 그나마 외국 음식치고는 먹을 만하다는 것이 내 생각이다. 종류도 많고, 싸니까!

이름은 잘 기억하지 못하지만, 우리나라 육개장 같은 것, 도가니탕 같은 것도 있고, 치즈를 넣은 피자 같은 가짜부리(Khachapuri)도 있고, 꼬치구이인 므츠바디Mtsvadi: m 발음은 살짝 나기에 그리고 v 발음도 약화되어 츠와디로 들린다)도 괜찮고, 우리나라 왕만두 비슷한 낀깔리(Khinkali)도 있고, 마치 된장 같지만 된장은 아닌 질항아리에 담은 콩 요리도 먹을 만하다. 비교적 무난한 음식들이다.

그렇지만, 이것도 매일 먹기에는 별로여서 자장면 비슷한 퓨전 음식을 찾아 맛있게 먹어보기도 했다.

다만, 포도주와 짜짜, 그리고 맥주만큼은 맛있다.

요건 확실하다! 내가 보증한다.

조지아 트빌리시

그러니 이곳 포도주와 맥주, 그리고 짜짜는 술을 못하시는 분도 맛을 보시라!

이제 홍시 두 개를 1라리 주고 사서 호텔로 돌아와 후식으로 먹고 자리에 눕는다.

내일이면 아스타나로 뺑기를 타야 하니, 아스타나의 제로미부티크 호텔에 예약을 한다.

그리고 이 선생에게 전화를 하나 답이 없다.

그냥 문자를 날린다. 내일 공항에서 만나겠지.

69. 무슨 일을 하든 기쁜 마음으로 해야

70. 사람들은 희한하다.

2018년 11월 23(금)

오늘은 우뚝 솟은 봉우리 위에 집을 지어놓은 카츠키 기둥(Katskhi Pillar)을 보고 와서 공항으로 가야 한다.

아침 일찍 체크아웃을 한 후 가방을 맡겨 놓고 디두베 시외버스 정류장으로 간다.

디두베에서 마슈르카를 타고 치아투라(Chiatura)로 가서 다시 택시를 갈아타고 가야 한다.

디두베에 9시 45분에 도착하여 돈 20달러를 바꾸고 10시에 출발한다.

치아투라

조지아 트빌리시

154

가짜부리

마슈르카는 빈자리가 없을 정도로 꽉 찬다.

옆에 앉은 할아버지 말로는 치아투라에서 기둥바위까지 5라리면 충분하다고 한다. 보통 7~8라리, 또는 10라리 달라고 하지만 5라리 이상 주면 안 된다고 얘기해준다.

12시 30분, 치아투라에 도착한다.

치아투라는 절벽에 둘러싸인 한촌이다. 협곡 속의 광산도시이다. 하늘에는 이곳저곳 로프웨이에 게이블 카가 매달려 화물을 운송하고 있다.

산의 경치는 좋지만, 폐광이 많은지 흉측한 폐가들이 많이 방치되어 있다.

음식점을 찾아 가짜부리 작은 거 2라리, 차 두 잔 각각 1라리, 합

이 4라리(약 1,900원)이다.

가짜부리 작은 거를 시켰는데도 둘이 먹을 수 있을 만큼 양이 많다. 그리고 정말 맛있다.

참 싸다! 살 만한 곳이다.

우린 아마도 싼 게 체질인 모양이다. 큰 음식점에서 비싼 거보다는 허름한 음식점에서 싼 게 더 맛있으니 말이다.

가짜부리를 먹으면서 물어보니 카츠키 기둥까지 갔다 오는데 7-8라리면 된다고 한다.

'10라리면 충분하겠구나.'라고 생각을 하는데, 식당 아줌마가 따라오란다.

택시 있는 데로 가서 10라리로 흥정을 하는데, 처음 내렸을 때

카츠키 기둥바위 가는 길

조지아 트빌리시

카츠키 기둥바위: 수도원

우리를 본 할아버지가 20라리로 가격을 통제한다.

이 할아버지가 여기 택시업계의 대장인 모양이다.

결국 15라리에 카츠키 기둥바위에 갔다 오기로 한다.

가는 길은 산길인데, 오른쪽으론 깎아지른 절벽이다.

절벽 길을 지나니 저 앞 멀리 기둥바위와 그 위에 집이 한 채 보인다.

사람들은 희한하다. 남이 안 하는 걸 하려는 사람들이 반드시 있다.

어찌 45m 높이의 저런 기둥바위 위에 집을 지어놓았는가?

알고 보니 저 집은 수도원이란다.

70. 사람들은 희한하다.

물도 식량도 들고 올라가려면 엄청 고생할 텐데…….

가까이 가 주차장에 차를 세운다.

걸어서 기둥바위 가까이로 간다.

오른쪽으로는 자그마한 성당이 한 채 있고. 왼쪽으로 올려다보면 커다란 바위기둥 위에 집 두 채가 보인다. 바위기둥에는 철제 사다리가 설치되어 있다.

이 철제 사다리는 자물쇠로 못 올라가게 막아 놓았다.

기둥바위 밑에 있는 담장을 따라가본다.

이 담장과 기둥바위 사이에 한 사람이 지나갈 수 있는 길이 있어서

카츠키 기둥바위: 바위 틈

조지아 트빌리시

다.

우리 앞에는 할머니와 손녀로 보이는 꼬마 아가씨와 젊은 부부가 가고 있다.

이 길을 따라 가면 무엇이 나오나? 궁금하다.

그런데 길이 끊기고 조그마한 동굴이라고 하기에는 너무 작은 움푹 파인 곳에서 할머니가 향을 피워 놓고 기도를 한다.

우리나라 산속 바위 밑이나 조그마한 굴속에서 촛불을 켜놓고, 또는 향을 사르면서 기도를 하는 것과 전혀 다름이 없다.

우린 이런 걸 미신이라 치부하지만, 이들의 신심은 정말일 것이다.

다시 뒤돌아 나와 이번엔 좌우로 돌면서 카츠키 기둥바위를 살펴본다.

'카츠키'란 말은 스반(Svan) 사람들 말로 '정상'이라는 의미라 한다.

이 바위기둥 꼭대기에서 발견된 유적은 5~6세기에 지은 것으로 밝혀졌는데, 초기 금욕주의 기독교 유적이라 한다.

곧, 이 유적은 스타이라이트(stylite: 주상고행자 柱上苦行者)들이 높은 나무기둥 꼭대기에서 기도하던 초기 기독교의 고행 관습과 관련이 있어 보인다.

그렇담, 어찌 이런 곳에 올라가 수도원을 짓고 수도를 할 생각을 했을까?

이런 기둥바위는 하늘과 땅 사이의 연결을 상징한다고 하니 이런 기둥바위 위에 올라가 수도할 마음이 들 법은 하다.

70. 사람들은 희한하다.

그런데 지금은 올라갈 수 있도록 철제 사다리가 되어 있지만 처음 집을 지을 땐 어찌 올라갔을까?

바위엔 아무 흔적도 없다. 기둥 바위 사방을 둘러봐도 저 위로 오르는 방법이 없다.

정말 신기하다.

그리고 집 짓는 재료와 먹을 것, 마실 것은 어떻게 저곳으로 운반했을까?

당시에 헬리콥터가 있었던 건 아닐 테고, 그렇다

카츠키 기둥바위: 수도원

고 손오공처럼 구름을 타고 오르거나 도술을 부린 것도 아닐 텐데……

그것이 알고 싶다.

조지아 트빌리시

이와 아주 닮은꼴 수도원이 그리스 테살리(Thessaly)의 올라갈 수 없는 절벽 위에도 있다고 한다.

기독교가 전파되기 전, 이 카츠키 기둥은 여러 신들을 모신 만신전(萬神殿)의 입구이자, 조지아 인들이 믿는 다산(多産)의 신을 경배하는 곳이었다고 한다.

여하튼 아파트 15층 높이의 저런 기둥바위 꼭대기에서 수도를 해야겠다는 생각은 보통 생각이 아니다.

허긴 그래야 수도가 되는지는 모르겠다만.

도를 깨치기란 이렇게 어렵나니 —.

그렇지만, 관광객에게야 좋은

카츠키 기둥바위: 수도원 성당

70. 사람들은 희한하다.

카츠키 기둥바위: 수도원 성당 내부

구경거리다.

어찌 보면 이런 사람들 때문에 발전이 있는 것일지도 모른다. 희한한 생각! 남이 하지 않는 생각을 실천에 옮기는 사람들 때문에 우리 사회가 발전하는 거 아닐까?

이제 기둥바위 앞에 있는 조그마한 성당으로 들어가 둘러본다. 역시 예수님 그림과 제대 등이 방 안에 마련되어 있다.

다시 나와 뒤를 거푸 돌아보며 대절한 택시를 탄다.

치아투라로 돌아오니 2시 반이다.

마침 2시 45분에 트빌리시 가는 마슈르카가 있어 얼른 올라탄다.

5시 15분 디두베에 도착하여 전철을 타고 아블라바리로 향한다.

6시에 저녁은 낀깔리에서 송아지 갈비구이(17라리)와 질항아리 속

조지아 트빌리시

의 콩(4.5라리), 차(2라리)를 시킨다.

모두 26라리, 우리 돈 12,000원 정도로 둘이서 충분히 먹는다.

부지런히 호텔로 가 맡겨놓은 가방을 들고 나온다.

컴퓨터 앱을 보니 7시 3분에 공항 가는 버스가 있다. 그런데 버스는 15분쯤 지나서 온다.

버스는 이리 돌고 저리 돌고 8시 가까이 되어서야 공항에 도착한다.

11시 10분 비행기니까 아직 시간은 충분하다.

그런데 공항 안으로 들어가 전광판을 보니 20분 연착이라고 나와 있다.

이런! 시간이 너무 남아돈다.

트빌리시 공항

70. 사람들은 희한하다.

9시쯤 수속을 밟는다.

면세점에서 남은 돈을 써버리려고 이것저것 들여다본다.

남은 돈에 맞게 초콜릿 세 뭉텅이를 들고 계산대에 서니, 표시된 것이 라리가 아니고 유로란다.

가격을 따져보니 어마어마하게 비싸다.

시내에선 싼데, 오히려 면세점이 두 배 이상 비싸다. 슬도 그렇고, 초콜릿도 그렇고, 과자도 그렇다.

그러니 라리로 혼동할 수밖에!

아니 조지아 공항 면세점인데, 왜 라리로 표기하지 않고 유로로 표시해 놓았는지 모르겠다.

자판기에는 라리로 표시되어 있는데, 역시 시내 가격보다 2-2.5배이다. 물 한 병에 2.5라리, 초콜릿 바 하나가 4라리, 환타, 콜라가 4.5라리이다.

시내 음식점보다도 비싸다. 오늘 저녁 식사한 낀깔리에서도 물 한 병 1라리, 콜라나 환타 한 병이 2.5라리인데……

이런 도둑놈들 같으니라구!

잔돈이 남으면 트빌리시 공항 밖에서 과자를 사던, 초콜릿을 사시라. 절대로 트빌리시 공항에서 살 생각은 하덜덜 마시라.

조지아는 포도주가 유명하니 사려면 와이너리에서 사 가지고, 부치는 짐 속에 넣어 오는 게 외화를 절약하는 길이다.

탑승 시간은 10시 50분이다.

아직 20분이 남았다.

〈끝〉

조지아 트빌리시

후기

이번 여행은 원래 계획과는 많이 어그러진 여행이었다.

비자 문제 때문에 아제르바이잔을 포기하는 대신 시간을 많이 얻었지만, 아르메니아와 조지아에서도 가보고 싶은 곳을 다 보지는 못하였기 때문이다.

아르메니아에서는 원래는 알라베르디(Alaverdi), 귬리(Gyumri), 암베드(Ambed) 성 등이 계획에 있었지만, 교통과 날씨에 대한 정보 부족과 시간 때문에 가보지 못 하였다.

또한 노아의 방주 전설이 서린 아라라트 산도 꼭 보고 오려 했는데, 날씨가 따라주지 않아 가까이 갔지만 그 웅장한 산을 보지 못하고 되돌아올 수밖에 없었다.

조지아에선 비가 와서 그랬지만, 스탈린의 고향인 고리(Gori)도 못 가보고, 동굴도시라는 고리 근처의 우플리스치케(Uplistsikhe)도 못 가봤다.

고대 콜키스 왕국의 수도였던 쿠타이시(Kutaisi)도 빼먹었다. 차라리 짤카나 노리오 대신 이런 데나 가 볼 걸 그랬다 싶다.

후기.

괜히 자연경치 찾다가 별로 재미도 못 보았으니 관광지로 잘 알려진 고리와 쿠타이시에 미련이 남는 것이다.

어쩌면 카즈베기 때문일 수도 있다. 카즈베기의 산들이 너무나 좋았기 때문에 옛 유적이나 교회보다는 경치 좋은 곳을 찾았던 것인데, 영 기대에 미치지 못한 것이다.

원래 계획이란 어그러지기 마련이지만, 조지아를 방문하시는 분들을 위하여 이 책과, 이 책의 앞부분이랄 수 있는 두 권의 책들, 〈조지아, 아르메니아 여행기 1: 코카사스의 보물을 찾아 1〉과와 〈조지아, 아르메니아 여행기 2: 코카사스의 보물을 찾아 2〉에서 쓴 이가 방문한 곳들을 빼고 미련이 남아있는 곳들을 잠간 소개하고자 한다.

우선 쿠타이시부터 보자.

쿠타이시는 조지아에서 두 번째 큰 도시로서 옛 콜키스 왕국의 수도였던 만큼 볼거리가 많이 있다고 한다.

벽화와 모자이크로 유명한 겔라티(Gelati) 수도원도 있고, 아랍의 침략을 피해 깊은 산속에 세운 모짜메타(Motsameta) 수도원, 그리고 조지아 인들이 존경하는 임금님 다비드스 4세가 대관식을 했다는 바그라티(Bagrati) 성당 등 유적이 많이 남아 있는 곳이다.

우리나라의 경주와 같은 곳인 듯한데, 여길 빼 놓은 것은 정말 실수이다.

조지아를 방문하시는 분들은 쿠타이시와 고리, 우플리츠케도 꼭 들려보시기 바란다.

한편, 므츠케타에서 좀 떨어진 시움그비메 수도원(Shiomghvime Monastery)도 가보지 못했다.

후기

이는 순전히 사전에 충분한 정보를 수집하지 못한 탓이다.

나중에야 이 수도원이, 아니 이 수도원의 뒷산이 매우 볼 만하다는 걸 알았으나, 이미 비행기는 떠난 뒤였다.

한편, 이 3권의 책들은 부크크에서 주문형 도서(POD: Publish On Demand)로 출간되어 있으니 만약 종이책이 필요하시다면 이들을 보시기 바란다.

이 글을 읽으시는 분들은 자신의 취향에 맞게 계획을 잘 짜서 즐길 수 있는 여행을 하셨으면 한다.

2019.3.2.

송원

후기.

책 소개

* 여기 소개하는 책들은 **주문형 도서(pod: publish on demand)** 이므로 시중 서점에는 없습니다. 교보문고나 부크크에 인터넷으로 주문하시면 4-5일 걸려 배송됩니다.

http//pubple.kyobobook.co.kr/ 참조.

http://www.bookk.co.kr/store/newCart 참조.

<u>여행기(칼라판)</u>

〈일본 여행기 1: 대마도, 규슈〉 별 거 없다데스! 부크크. 2020. 국판 202쪽. 14,600원.

〈일본 여행기 2:고베 교토 나라 오사카〉 별 거 있다데스! 부크크. 2020. 국판 180쪽. 13,700원.

〈타이완 일주기 1: 타이베이, 타이중, 아리산, 타이난, 가오슝〉 자연이 만든 보물 1. 부크크. 2020. 국판 208쪽. 14,900원.

〈타이완 일주기 2: 헝춘, 컨딩, 타이동, 화롄, 지룽,타이베이〉 자연이 만든
보물 2. 부크크. 2020. 국판 166쪽. 13,200원.

〈동남아시아 여행기: 태국 말레이시아〉 우좌! 우좌! 부크크. 2019.
국판 234쪽. 16,200원.

〈인도네시아 기행〉 신(神)들의 나라. 부크크. 2019. 국판 132쪽. 12,000
원.

〈중앙아시아 여행기 1: 카자흐스탄, 키르기스스탄〉 천산이 품은 그림 1.
부크크. 2020. 국판 182쪽. 13,800원.

〈중앙아시아 여행기 2: 카자흐스탄, 키르기스스탄〉 천산이 품은 그림 2.
부크크. 2020. 국판 180쪽. 13,700원.

〈조지아, 아르메니아 여행기 1〉 코카서스의 보물을 찾아 1. 부크크. 2020.
국판 184쪽. 13,900원.

〈조지아, 아르메니아 여행기 2〉 코카서스의 보물을 찾아 2. 부크크. 2020.
국판 182쪽. 13,800원.

〈조지아, 아르메니아 여행기 3〉 코카서스의 보물을 찾아 3. 부크크. 2020.
국판 192쪽. 14,200원.

〈마다가스카르 여행기〉왜 거꾸로 서 있니? 부크크. 2019. 국판 276
　　쪽. 21,300원.

〈러시아 여행기 1부: 아시아〉시베리아를 횡단하며. 부크크. 2019.
　　국판 296쪽. 24,300원.

〈러시아 여행기 2부: 모스크바 / 쌩 빼쩨르부르그〉문화와 예술의
　　향기. 부크크. 2019. 국판 264쪽. 19,500원.

〈러시아 여행기 3부: 모스크바 / 모스크바 근교〉동화 속의 아름다
　　움을 꿈꾸며. 부크크. 2019. 국판 276쪽. 21.300원.

〈유럽 여행기: 동구 겨울 여행〉집착이 삶의 무게라고. 부크크. 2019.
　　국판 300쪽. 24,900원.

〈북유럽 여행기: 스웨덴-노르웨이〉세계에서 제일 아름다운 곳. 부크
　　크. 2019. 국판 256쪽. 18,300원.

〈포르투갈 스페인 여행기〉이제는 고생 끝. 하나님께서 짐을 벗겨주
　　셨노라! 부크크. 2020. 국판 200쪽. 14,500원.

〈미국 여행기 1: 샌프란시스코, 라센, 옐로우스톤, 그랜드 캐년, 데스
　　밸리, 하와이〉허! 참, 이상한 나라여! 부크크. 2020. 국판 328
　　쪽. 27,700원.

〈미국 여행기 2: 캘리포니아, 네바다, 유타, 아리조나, 오레곤, 워싱턴〉 보면 볼수록 신기한 나라! 부크크. 2020. 국판 278쪽. 21,600원.

〈미국 여행기 3: 미국 동부, 남부. 중부, 캐나다 오타와 주〉 그리움을 찾아서. 부크크. 2020. 국판 288쪽. 23,100원.

〈멕시코 기행〉 마야를 찾아서. 부크크. 2020. 국판 298쪽. 24,600원.

〈페루 기행〉 잉카를 찾아서. 부크크. 2020. 국판 250쪽. 17,000원.

〈남미 여행기 1: 도미니카 콜롬비아 볼리비아 칠레〉 아름다운 여행. 부크크. 2020. 국판 262쪽. 19,200원.

〈남미 여행기 2: 아르헨티나 칠레 파타고니아〉 파타고니아와 이과수. 부크크. 국판 270쪽. 20.400원.

〈남미 여행기 3: 브라질 스페인 그리스〉 아름다운 여행. 부크크. 2020. 국판 262쪽. 17,700원.

여행기(흑백판)

〈중국 여행기 1: 북경, 장가계, 상해, 항주〉 크다고 기 죽어? 교보문고 퍼플. 2017. 국판 211쪽. 9,000원.

〈중국 여행기 2: 계림, 서안, 화산, 황산, 항주〉 신선이 살던 곳. 교보문고 퍼플. 2017. 국판 304쪽. 11,800원.

〈베트남 여행기〉 천하의 절경이로구나! 교보문고 퍼플. 2019. 국판 210쪽. 8,600원.

〈태국 여행기: 푸켓, 치앙마이, 치앙라이〉 깨달음은 상투의 길이에 비례한다. 교보문고 퍼플. 2018. 국판 202쪽. 10,000원.

〈동남아 여행기 1: 미얀마〉 벗으라면 벗겠어요. 교보문고 퍼플. 2018. 국판 302쪽. 11,800원.

〈동남아 여행기 2: 태국〉 이러다 성불하겠다. 교보문고 퍼플. 2018. 국판 212쪽. 9,000원.

〈동남아 여행기 3: 라오스, 싱가포르, 조호바루〉 도가니와 족발. 교보문고 퍼플. 2018. 국판 244쪽. 11,300원.

〈터키 여행기 1〉 허망을 일깨우고. 교보문고 퍼플. 2017. 국판 235쪽. 9,700원.

〈터키 여행기 2〉 잊혀버린 세월을 찾아서. 교보문고 퍼플. 2017. 국판 254쪽. 10,200원.

〈시리아 요르단 이집트 기행〉 사막을 경험하면 낙타 코가 된다. 부크크. 2019. 국판 268쪽. 14,600원.

〈유럽여행기 1: 서부 유럽 편〉 몇 개국 도셨어요? 교보문고 퍼플. 2017. 국판 217쪽. 10,400원.

〈유럽여행기 2: 북유럽 편〉 지나가는 것은 무엇이든 추억이 되는 거야 교보문고 퍼플. 2017. 국판 213쪽. 9,100원.

여행기(전자출판.)

〈일본 여행기 1: 대마도, 규슈〉 별 거 없다데스! 부크크. 2019. 전자출판. 2,000원.

〈일본 여행기 2: 오사카 교토, 나라〉 별 거 있다데스! 부크크. 2019. 전자출판. 2,000원.

〈중국 여행기 1: 북경, 장가계, 상해, 항주〉 크다고 기 죽어? 부크크.
　2019. 전자출판. 2,000원.

〈중국 여행기 2: 계림, 서안, 화산, 황산, 항주〉 신선이 살던 곳. 부
　크크. 2019. 전자출판. 2,000원.

〈타이완 일주기 1〉 자연이 만든 보물 1. 부크크. 2019. 전자출판. 2,000
　원.

〈타이완 일주기 2〉 자연이 만든 보물 2. 부크크. 2019. 전자출판. 1,500
　원.

〈동남아 여행기 1: 미얀마〉 벗으라면 벗겠어요. 부크크. 2019. 전자
　출판. 2,000원.

〈동남아 여행기 2: 태국〉 이러다 성불하겠다. 부크크. 2019. 전자출
　판. 2,000원.

〈동남아 여행기 3: 라오스, 싱가포르, 조호바루〉 도가니와 족발. 부크
　크. 2019. 전자출판. 2,000원.

〈동남아 여행기 1: 수코타이, 파타야, 코타키나발루〉 우좌! 우좌! 부
　크크. 2019. 전자출판. 2,000원.

〈태국 여행기: 푸켓, 치앙마이, 치앙라이〉 깨달음은 상투의 길이에
　　비례한다. 부크크. 2019. 전자출판. 2,000원.

〈인도네시아 기행〉 신(神)들의 나라. 부크크. 2019. 전자출판. 2,000원.

〈중앙아시아 여행기 1: 카자흐스탄, 키르기스스탄〉 천산이 품은 그림
　　1. 부크크. 2019. 전자출판. 2,000원.

〈중앙아시아 여행기 2: 카자흐스탄, 키르기스스탄〉 천산이 품은 그림
　　2. 부크크. 2019. 전자출판. 2,000원.

〈조지아, 아르메니아 여행기 1〉 코카사스의 보물을 찾아 1. 부크크. 2019.
　　전자출판. 2,000원.

〈조지아, 아르메니아 여행기 2〉 코카사스의 보물을 찾아 2. 부크크. 2019.
　　전자출판. 2,000원.

〈조지아, 아르메니아 여행기 3〉 코카사스의 보물을 찾아 3. 부크크. 2019.
　　전자출판. 2,000원.

〈러시아 여행기 1부: 아시아 편〉 시베리아를 횡단하며. 부크크. 2019.
　　전자출판. 2,500원.

〈러시아 여행기 2부: 모스크바 / 쌩 빼쩨르부르그〉 문화와 예술의 향기. 부크크. 2019. 전자출판. 2,500원.

〈러시아 여행기 3부: 모스크바 / 모스크바 근교〉 동화 속의 아름다움을 꿈꾸며. 부크크. 2019. 전자출판. 2,500원.

〈북유럽 여행기: 스웨덴-노르웨이〉 세계에서 제일 아름다운 곳. 부크크. 2019. 전자출판. 2,500원.

〈유럽 여행기: 동구 겨울 여행〉 집착이 삶의 무게라고. 부크크. 2019. 전자출판. 3,000원.

〈터키 여행기 1〉 허망을 일깨우고. 부크크. 2019. 전자출판. 2,500원.

〈터키 여행기 2〉 잊혀버린 세월을 찾아서. 부크크. 2019. 전자출판. 2,500원.

〈시리아 요르단 이집트 기행〉 사막을 경험하면 낙타 코가 된다. 부크크. 2019. 전자출판. 2,500원.

〈마다가스카르 여행기〉 왜 거꾸로 서 있니? 부크크. 2019. 전자출판. 2,500원.

〈미국 여행기 1: 샌프란시스코, 라센, 옐로우스톤, 그랜드 캐년, 데스 밸리, 하와이〉 허! 참, 이상한 나라여! 부크크. 2020. 전자출판. 3,000원

〈미국 여행기 2: 캘리포니아, 네바다, 유타, 아리조나, 오레곤, 워싱턴〉 보면 볼수록 신기한 나라! 부크크. 2020. 전자출판. 2,500원.

〈미국 여행기 3: 미국 동부, 남부. 중부, 캐나다 오타와 주〉 그리움을 찾아서. 부크크. 2020. 전자출판. 2,500원.

〈멕시코 기행〉 마야를 찾아서. 부크크. 2020. 전자출판. 3,000원.

〈페루 기행〉 잉카를 찾아서. 부크크. 2020. 전자출판. 2,500원.

〈남미 여행기 1: 도미니카 콜롬비아 볼리비아 칠레〉 아름다운 여행. 부크크. 2020. 2,000원.

〈남미 여행기 2: 아르헨티나 칠레 파타고니아〉 파타고니아와 이과수. 부크크. 2020. 2,000원.

〈남미 여행기 3: 브라질 스페인 그리스〉 아름다운 여행. 부크크. 2020. 2,000원.

<u>우리말 관련 사전 및 에세이</u>

〈우리 뿌리말 사전: 말과 뜻의 가지치기〉. 재개정판. 교보문고 퍼플. 2020. 국배판 916쪽. 61,300원.

〈우리말의 뿌리를 찾아서 1〉 코리아는 호랑이의 나라. 교보문고 퍼플. 2016. 국판 240쪽. 11,400원.

〈우리말의 뿌리를 찾아서 1〉 코리아는 호랑이의 나라. e퍼플. 2019. 전자출판. 247쪽. 4,000원.

〈우리말의 뿌리를 찾아서 2〉 아내는 해와 같이 높은 사람. 교보문고 퍼플. 2016. 국판 234쪽. 11,100원.

〈우리말의 뿌리를 찾아서 3〉 안데스에도 가락국이……. 교보문고 퍼플. 2017. 국판 239쪽. 11,400원.

수필: 삶의 지혜 시리즈

〈삶의 지혜 1〉 근원(根源): 앎과 삶을 위한 에세이. 교보문고 퍼플. 2017. 국판 249쪽. 10,100원.

〈삶의 지혜 2〉 아름다운 세상, 추한 세상 어느 세상에 살고 싶은가요? 교보문고 퍼플. 2017. 국판 251쪽. 10,100원.

〈삶의 지혜 3〉 정치와 정책. 교보문고. 퍼플. 2018. 국판 296쪽. 11,500원.

〈삶의 지혜 4〉 미국의 문화, 교보문고 퍼플. 근간.

기타

4차 산업사회와 정부의 역할. 부크크. 2020. 국판 84쪽. 8,200원, 전자책 2,000원.

지은이 소개

- 송근원

- 대전 출생

- 여행을 좋아하며 우리말과 우리 민속에 남다른 애정을 가지고 있음.

- e-mail: gwsong51@gmail.com

- 저서: 세계 각국의 여행기와 수필 및 전문서적이 있음